我只是你树上的一只蝉

谢丰荣

百花洲文艺出版社
BAIHUAZHOU LITERATURE AND ART PRESS

图书在版编目（CIP）数据

我只是你树上的一只蝉 / 谢丰荣著 . —南昌：百花洲文艺出版社，2014.9（2018.12 重印）

（微阅读 1 +1 工程）

ISBN 978 -7 -5500 -1048 -2

Ⅰ. ①我… Ⅱ. ①谢… Ⅲ. ①小小说—小说集—中国—当代 Ⅳ. ①I247.8

中国版本图书馆 CIP 数据核字（2014）第 184571 号

我只是你树上的一只蝉

谢丰荣 著

出 版 人：姚雪雪
组稿编辑：陈永林
责任编辑：刘 云 王丰林
出 版：百花洲文艺出版社
发行单位：全国新华书店
印 刷：龙口市新华林文化发展有限公司
开 本：700mm ×960mm 1/16
印 张：12
版 次：2015 年 3 月第 1 版
印 次：2018 年 12 月第 3 次印刷
字 数：128 千字
书 号：ISBN 978 -7 -5500 -1048 -2
定 价：29.80 元

赣版权登字：05 -2015 -33

邮购联系：0791 -86895108
网址：http：//www. bhzwy. com

前　言

以“极短的篇幅包容极大的思想”，才能够以小胜大，经过读者的阅读，碰撞出思想的火花，震撼人的心灵。正因为这样，微型小说成为一种充满了幽默智慧、充满了空灵巧妙的独特文体。

如果说在二十一世纪的头一个十年，是互联网大大改变了我们的生活，那么在我们正在经历的第二个十年里，手机将更为巨大地改变我们的生活。如今，以智能手机为平台，正在构成一个巨大的阅读平台。一种新的阅读方式正不知不觉地走进大众的生活。一个新的名词就此产生，它便是“微阅读”。微阅读，是一种借短消息、网络和短文体生存的阅读方式。微阅读是阅读领域的快餐，口袋书、手机报、微博，都代表微阅读。等车时，习惯拿出手机看新闻；走路时，喜欢戴上耳机“听”小说；陪人逛街，看电子书打发等待的时间。如果有这些行为，那说明你已在不知不觉中成为“微阅读”的忠实执行者了。让我们对微型小说前景充满信心和期待的是，微型小说在微阅读的浪潮中担当着极为重要的“源头活水”。

肩负着繁荣中国微型小说创作、促进这一文体进一步健康发展的责任和使命，微型小说选刊杂志社推出了“微阅读1+1工程”系列丛书。这套书由一百个当代中国微型小说作家的个人自选集组成，是微型小说选刊杂志社的一项以“打造文体，推出作家，奉献精品”为目的的微型小说重点工程。相信这套书的出版，对于促进微型小说文体的进一步推广和传播，对于激励微型小说作家的创作热情，对于微型小说这一文体与新媒体的进一步结合，将有着极为重要的作用和意义。

编者

2014年9月

目　录

斗 智

某单位正副领导互相在心里仇视。

一天，正领导的车要从一个长廊里开出来。副领导一见，主动帮正领导观察后方的道路。正领导正需要有人帮忙，于是答应了。

正领导一边向后开车，副领导一边高喊：“退，退，再退，退下来！”

正领导听了很不是滋味，心想：你巴不得我从正位上退下去呢。这一整天，他都耿耿于怀。恰恰副领导有点私事要办，于是把车先开出来，找上正领导，向他请假，准备提前下班。

正领导看着副领导的汽车轮子，笑着说：“那好，你就滚，滚，滚远点，滚出单位去吧！”

副领导也记在心里。

第二天，为单位里砌一道多高的围墙的问题，两个人又产生矛盾。副领导说一米八高就可，正领导说得两米才行。他们看见做工的师傅正在角落里忙活，就一起去向他咨询，结果是正领导说的比较合理。

正领导看着副领导，说：“我当然强（墙）过你啦！”

偏偏这时，一只蜘蛛从屋檐垂下来，落到了正领导的头发上。

正领导害怕，拼命用手梳头，蜘蛛就被梳到副领导的头上去了。

正领导幸灾乐祸。

哪知副领导捉住蜘蛛，并不害怕，好像很喜欢的样子，说：“你还是输（梳）给我了嘛！”

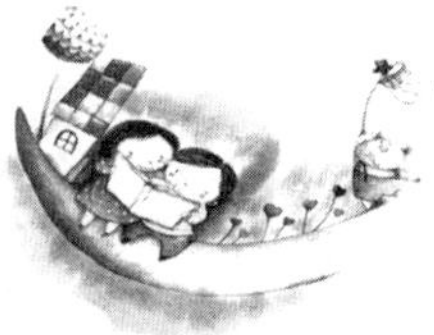

山羊当了村官

山羊当了村长后，很快愁得连胡子都长了。

老婆很失望，成天骂道：“人家当官都潇洒自如，你当个官竟然是这副样子！瞧你那副窝囊样，还不如我来当呢。”

山羊说：“我知道自己不是做官的料，可大家都选我，没办法，我又推不掉。”

“推？妈呀，这是肥肉，是好事，是天上掉下的馅饼，这你也推！难怪我跟着你受了那么多的苦，敢情幸福都是被你推掉的呀！”老婆气不打一处来，揪着山头的胡子就拽，山羊痛得咩咩直叫。

官已经当上了，山羊只好战战兢兢当下去，为了能够称职，他没少花精力。人们发现山羊越来越消瘦了，有些不忍，但要换其他人当这个村长，显然他们又不愿意。

山羊老婆成天对他指手画脚，教他如何当官，好在山羊胆小怕事，对她的意见拒不采纳。

这天老虎来视察，中午要吃饭，山羊精心准备了不少上好草料，办了一桌非常美味的食物，可老虎拉长脸训道：“上级规定，官员不能乱吃乱喝！”说罢拂袖而去。

山羊的胡子一下又长了许多。

老婆恨铁不成钢，揪着山羊的耳朵说，下次老虎来视察，先告诉她。

“你要怎样？”山羊忐忑地问。

“我随便使个招，也比你强得多！”老婆不屑地说。

果真老虎又来了。

山羊好说歹说把老虎留下来。席间，老虎发现一只打扮得十分新潮的母老虎坐在他身边，高兴极了，那顿饭尽管主要是草料，也吃得很香。

母老虎声音温柔，劝酒令也十分在行，老虎大悦，希望她能陪着他进城。

山羊的胡子却一下子又变白了，眼睁睁看着老婆坐上了老虎的汽车走了。

原来，那只母老虎正是他老婆穿着虎皮大衣精心装扮的。

不久，山羊从村长的位置上下来，只是他并没有省心多少。

猴子取经

猴子被派出去学习先进管理经验。

回来后自然要在大会上讲他的收获。这天，领导干部都来了，下面坐了黑压压的职工。

猴子清了清嗓子，把讲话稿拿起来，开始口若悬河地汇报。

他说：“第一点经验是要像树懒那样有股子赖着不走的赖劲。我们猴子都太急于求成了，第一棵树上的果子采完了，我们立即爬到第二棵树上去。想想人家树懒，第一棵树果子吃完了，光想问题就得两个小时，人家在考虑哪个方向、哪棵树、果子质量如何、够吃多少时间等等，必须完全清楚了这些，才肯行动！

“第二条经验是要像兔子那样有种担惊受怕的怕劲。我们猴子就是天不怕地不怕惯了，早该改一改了。这哪行呢？孙悟空是我们的老前辈，不就被如来佛压到五行山下了吗？人家兔子成天提心吊胆，这也怕那也怕，一怕就本分多了，一怕就小心多了。

“第三条经验是要像河马那样有种拖泥带水的脏劲。不要以为我们比地上动物高明，我们这些树上动物不要盲目清高。人家河马敢于蹚浑水，敢于在大染缸里锻炼自己，他们久经考验，这是何等的气魄！这是何等的控制能力！要敢于从肮脏里求纯洁嘛！……”

报告赢来经久不息的掌声。

不久，单位里猴子分为三种，有的变成树懒，有的变成兔子，有的变成河马。

所谓学习，其实是学别人的好东西，且是切合自身的好东西，这一点谁又懂呢？

谁去陪酒

领导来到办公室里，笑吟吟地同大家打招呼。见办公室里美女如云，他禁不住诗兴大发，念了一句：“春色满园关不住，一枝红杏……”领导突然不念了，大概是发觉不太合适。

大家都吃惊地看着他，这是怎么回事，领导怎么念起这首诗来了？

领导说，明天将有上级领导来检查工作，可是我们单位的实情大家都清楚，领导层全是雄性，因此需要从大家里边找一位去陪上级领导吃顿饭。

美女们一听，全都缩起脖子。

领导很不悦，说实在没人的话，就抽签了，反正工作得大家做，大家机会都均等。

美女们无奈地开始抽签。结果小娜成了第一个“吃螃蟹的人”。大家都恭喜她，她却流下泪来，因为，她尽管面容姣好，身材惹火，却很文静，很不善于陪领导。

这次陪领导吃饭，小娜勉力为之，给领导留下了很好的印象。

不曾想，此后小娜开朗多了。

又到下次领导检查工作了。这回，又要抽签。小娜面对全办公室的美女，冷笑两声，然后说：“领导，这次由我来制纸团吧。”

美女们知道小娜迫不及待想报复她们，让其他人也陪了酒她心里才平衡，于是全都心里惴惴。结果，她们抽到却都是“不去”。

显然小娜抽到的又是“去”。小娜看也不看，把纸团揉碎，然后痛苦却又娇滴滴地叫起来：“哎呀，怎么又是我啦！”

等她走后，小莉悄悄去纸篓翻出小娜的纸团，打开一看，竟然也是“不去”。

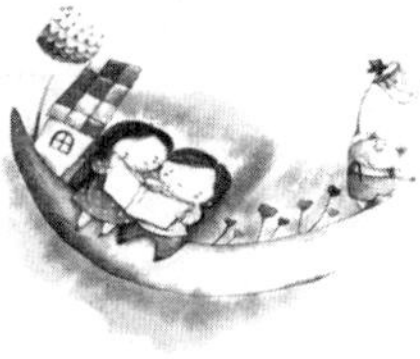

精神的孔开在哪里

领导孟广是我的好友，我们时常在一起聚聚，喝喝清茶。我和他之间，什么都是可以说的。

最近他有些烦躁。

我瞪着他看，然后说：“你破了！”

“什么？这是什么话，什么叫我‘破’了？”领导不解。

“我说你破了，是因为我首先将你当成个球，或者这样说，你在我眼里算个球！”我说。这话很得罪人，但孟广可是我的好友，我们之间不需要什么遮拦。

孟广不满地看我一眼，说：“在我眼里，你也算个球！”

“哈哈！对呀，我们都算个球！”我开心大笑，接着劝他道，“人的身体不是球体，但精神是个球体，所以我才说我们都算个球；而气球破了就要漏气，所以我才说你破了，领导同志，你可要爱惜身体，不要让球体裂出缝，把自己的好心情都漏掉了呀。”

领导来了兴趣，说：“你这个比喻不错！精神是个球体，你倒细说一二。”

我就说：“人的精神的确是个球体。只是每个人的精神都有一个孔存在。比如说，淫荡者的孔开在下方，他们漏掉的是道德；罪犯的孔开在握凶器的地方，他们漏掉的可能是整个做人的资格；美女帅哥的孔开在脸上，但这个孔也太大了，如不拼命往球体里装些内涵，怕就是草包一个；脚踏实地的人的孔开在涌泉穴，这些人不怕漏掉什么，因为涌泉穴始终与大地紧贴在一起；思想者的孔开在头顶，他们不仅不漏，反而随时在往里填充；演讲者的孔开在海阔天空的嘴上；慈悲者的孔开在满含同情的眼里。”

“你说得很妙！那你的孔开在哪里呢?”领导将了我一军。

“我嘛，是个写作者，孔开在笔尖。”我说。

“那我呢?”他又问。

“你们这些当权者，孔都开在掌心，所以你们必须懂得如何运用掌力。太轻，对恶人惩处不够，对生灵安抚不够；太重，效果也会相反，过犹不及嘛。”

领导点头称是。

公　章

老陈站在公园的湖边上，心旷神怡地欣赏着美景。

时而有人走过，老陈总要盯着人家的脸看，显得饶有兴味。过往的人有的匆匆走开，有的停下来，指着老陈，有些迟疑地问："咦，你是电视里曾经看到过的陈什么什么长吧?"

老陈很高兴，却又有些不快，他说："你认出我来了，但你却不知道我是什么长，再想想，我究竟是什么什么长?"

人家挠半天脑门都想不起来，结果老陈自己说了他是什么什么长。

"哎呀，领导呢，你在这里干什么?"人家问他。

老陈指着湖面上倒映的红彤彤的太阳说："瞧，那是什么?"

"太阳呀。"

"不对。"

"不对，那是什么?"

"是我新盖的公章呗!"老陈得意地笑着说。

人家惊疑地瞪着他看，赶忙走开了。

老陈今天的心情很好，他沿着湖走了一圈，看到一对青年男女正在接吻。老陈走上前，饶有兴味地看了半天。两个青年后来才发现老陈，愠怒地看着他。

老陈对男青年说："年轻人，一切都要按程序办，你做得好呀!"

"什么按程序办？你在说什么呀?"男青年一头雾水地问。

女青年嘲讽地说："我们只在恋爱，没有结婚，并没有像你说的按程序呀!"

老陈说："不，你们的确是按程序办的!"

"为什么这么说?"

“咦，你们看，公章都盖好了！”老陈指着男青年脸上的吻印说。吻印是刚才女青年留下的。

这对男女睁大眼睛看着老陈。

女的突然脱口而出，说：“你不是什么什么长吗？”然后两人立即跑开了。

老陈遗憾的是，这两个男女也只认出他一半来。

老陈突然看到一个少妇抱着一个孩子走来，孩子不足一岁，粉嫩的小腿从襁褓里伸出来。

孩子的小腿上有一块红红的胎记。

老陈呆了呆，喃喃地说：“这个公章，是我什么时候盖的呢？”

少妇走过来，生气地对他说：“爹，这是你外孙的腿，什么公章不公章的！你怎么悄悄跑出家，该回去吃药了。”

老陈却说：“不行！今天一个公章也没盖出去。”

“好吧，你快盖吧！”少妇拿出一支蜡笔给他。

老陈想了想，郑重其事在公园一块石头上画了一个鲜红的圆圈。

然后，他美滋滋地跟着少妇回去了。

在梦里怎样打败外星人

局长缓缓讲述起昨晚他做的梦来。

“真是个噩梦!”局长说，“地球上突然来了一群外星人，他们都有超能力，地球人不能招架，死的死伤的伤。外星人抓了许多地球人当奴隶，奴隶们都低着头，不敢看外星人的脸。”

局长皱着眉头，看得出他也被抓到奴隶的行列中了。

这……我们战战兢兢，不知局长为什么要向我们这些科级干部讲荒诞的梦。

“外星人真是了得，科技比我们强，身板也比我们高大威武。我在梦里吃了他们不少苦头，真是个噩梦!”局长说。

我们赶忙安慰他，说:“局长你受苦了，我们也感同身受啊!”

不知谁说了一句:“早知如此，昨天我就不做那个美梦了，一定到你的梦里去保护你!”

局长莞尔一笑，不置可否。

“眼看地球将万劫不复，不曾想局势突然逆转，你们说说是怎么逆转的?”局长看着我们，问道。

看来局长要考验我们各自的能力了，我们于是绞尽脑汁猜测起来。有人说是地球人悄悄炸毁了外星人的军火库，有人说地球人悄悄在外星人的食堂下毒，有人说地球人十个打一个外星人，凭人数胜过对方……但局长只管笑眯眯摇头。

“局长你倒说说，究竟是怎么逆转的?”我小心问道。

局长又讲述起来。他说:“外星人把地球人当畜生对待，地球人知道实力悬殊，只好任人宰割。可突然有个地球人抬起头，冲正在抽他皮鞭的外星人狠狠一瞪。天啦!那个外星人像被激光照射了似的，瞬间化为青烟……”

“什么？冲他一瞪，就这么简单！”我们都叫起来。

局长说：“对，冲他一瞪。原来愤怒的目光就是武器！这下，地球人全都冲外星人瞪眼，不到十分钟，外星人全变成青烟飘散了。”

局长说：“为官者来自百姓，千万别自以为像外星人那样高人一等，否则，你受不起人民的一瞪！”

原来局长的用意在此呀。

删除贪欲

外星人趁着夜色悄悄降临地球，神不知鬼不觉捉了一个官员到飞碟上。

该官员正在深睡。外星人把他放在实验台上，用仪器删除了他头脑里的贪欲。原来外星人深感地球人私心杂念很重，决心对此进行研究。

官员在半夜又被送回地球，这一切，就像什么都没发生一样。

官员准时上班，似乎忘了有辆由他享用的汽车，却快活地去赶公交。进办公室时，秘书小芹想拥抱他的肩膀，他竟然一闪身躲开。昨天就约好的赵总悄悄把一张银行卡塞进他的衣兜，可他很礼貌地还了回去。

一上午，单位上每个人都感受到官员像变了个人似的。

一个一个的人去找官员谈话。

路上看到官员赶车的人说："你是官，应该享受公车上班呀！"

秘书说："你是官，应该接受我的殷勤呀！"

赵总说："你是官，应该收下我的'意思'呀！"

……

官员问："官就应该那样吗？"

"是啊，官就应该那样！我们盼望你像官一样，否则都不适应。"大家都这么说。

于是等这天结束，官员回到家时，他已经又跟昨天没什么区别了。

深夜，外星人又把他悄悄捉到飞碟上，一检测，发现他的贪欲与昨天一分不少。外星人得出研究结论：在地球人中，官员腐败不可怕，可怕的是人们都承认官员腐败是合理的。

外星人最后决定，与其删除官员脑中的贪欲，还不如先删掉百姓脑中的麻木。只有这样，地球也才有救。

色　诱

外星人的目光瞄准了一个清官。

这名官员在百姓心目中很受爱戴，外星人想考验他一下。

一个天下第一的美女出现在清官家里。美女其实是外星人用电脑计算的方式制造出来的，当然是天下第一美丽了。

时间选在夜晚，且是清官妻子回娘家那个夜晚。

清官一见美女，生理反应十分强烈。

美女一颦一笑，一举手一抬足，一扭腰一迈步，都具有致命的诱惑。清官简直不敢看对方，他低着头，红着脸对美女说："女士，你有事就等明天在办公室里谈，如何？"

美女突然坐到清官的腿上，用手缠住他的脖子。

"不嘛，我就要现在。"

清官快要把持不住。

"你真迷人，要不，你在家里等着我，我去买'那个东西'好不好？我家里从来没准备'那个东西'，可我们还是用'那个东西'比较好。你说呢？"清官做出很亲热的样子。

美女就站起身，直接躺到床上，回眸一笑说："我等你把'那个东西'买回来。"

清官赶忙抽身出去了。

陪清官一起回来的是他妻子。美女很无趣，只好离开。

外星人震惊了，这个人面对如此强大的诱惑都应对自如，真是了不起！

不久，清官因呕心沥血得癌症死去。

人们感叹说："难得的好官啊，可惜命不长！"

不过，有一幕他们都看不见：

在外星人的飞碟里边，清官竟然身体健康地端坐着，外星人正对他说："我们只能出此下策，制造你死亡的假象了。欢迎你去我们的星球为官！你是从地球选拔出来的第一百二十三个！"

官 气

外星人派了一个本星球的官员去地球生活一个月。他们一直搞不懂地球人为什么那么崇拜官僚。

外星官员头天夜里住在旅店里，第二天他在熙熙攘攘的人群里走来走去，后来他找到一个职业，进了一家公司。在见公司总经理的那一瞬间，他的心跳加快了不少。当然，这种生理变化已经被身上的仪器敏感地测出来，发到外星飞碟上去了。

后来他又去见董事长，心跳又无端加快不少。

后来他见到了管理这个公司的行政部长，心跳又加快许多。

飞碟上，外星人大为不解，立即对外星官员的大脑进行分析，发现他的“羡慕中枢”出现异常。

半个月后，外星官员凭借出色才能被任用为副总经理。

又过几天，外星官员动用超能力，置总经理于死地，他理所当然当了总经理。

三天后，他采用迷魂术骗取董事长信任，竟破天荒将公司财产全部移交给他了。

在一个月的最后一天，外星官员又坐上了那个行政部长的位置。

飞碟向他发出指令，叫他归队。可是这个外星官员断然将身上所有测量仪器捣毁，准备终生做地球官员了。

飞碟里的外星人乱作一团，有人怀疑试验对象选错了，有人怀疑外星官员被下了毒，有人怀疑外星官员在进入地球环境后基因出现了变异……

大家对一个月来外星官员接触过的任何人、任何物、任何环境都进行测试分析，包括他每天的饮用水也不放过。但是一无所获。

最后他们猛然想到应该检查空气成分。他们的仪器远优于地球。此前，地球人只知道空气中有氧气、氮气等，外星人并没有怀疑，现在看来，有必要重新测一下了。

结果令人震惊，空气中还有一种不为人知的气体——官气！

钱的旅行

外星对地球的研究中心设在飞碟上，飞碟的位置至今地球人一无所知。

一个外星人被安排变成现金，因为今天的研究日程是，观察这些现金的流向，以此达到研究目的。

于是外星人摇身一变，成了一沓厚厚的钞票，躺在凌晨的公路上。其他外星人则在飞碟里通过屏幕观看。

一个公务员经过这里，捡起钞票，看了半天才确信不是假钱。

他一蹦三尺高，口里叫道："我可以用它作为首付款，可以买一套房子啦！哈，折磨我五年的大事总算解决啦！"见有人来，他马上将钱放进衣袋里。

走在路上他又变了主意："不急，房子虽然很有诱惑力，可我何不用这笔钱去送给上司？我梦寐以求的科长职位不就能到手了吗？"

上司接过公务员送的礼，也就是外星人变的钱，淡然一笑，说："好的，对于像你这样踏实肯干的人提出的小小要求，我答应！"

公务员走后，上司驱车到另一个城市，进了一个别墅，有个娇小的女子正寂寞地等着他。上司把钱交给她说："你天天要钱要钱，我也在想办法呀，现在我为你准备了一点钱，看看，我多在意你。"

女子欢天喜地，好好与上司亲热了一回。等上司走后，她回了老家，家里有个残疾弟弟，这是她唯一的亲人。女子对弟弟说："你早想干自己的事业了。这是姐给你的，用它去做生意吧。"

弟弟历来瞧不起姐姐，觉得他跟别人当二奶是天大的耻辱，等姐姐走后，他按照报纸上的捐赠电话打过去。很快，福利院派人来把弟弟接了过去。不过，捐赠仪式需要有领导在场，于是福利院请了一个领导过来，这个领导正好是刚才那个上司。

上司兴高采烈地来到福利院，捐赠仪式刚要进行，上司却发现装钱的袋子有些面熟，他赶忙把弟弟带到里面房间，问这是怎么回事。

上司和弟弟，从来没有见过面。

这时，一天快要结束。变成钱的外星人接到命令，可以归队了。

就在上司正与弟弟询问的当儿，他们桌上的十万元钱一下子凭空消失了。

上司忙在房间里四处搜寻，却一无所获，最后他瘫坐在椅子上。

结果，上司打电话求老婆送了十万元钱来作为捐赠款。

这是他私人的钱。

为此，上司一个月都牙疼。

第一百号监狱

唐宋身着囚服，被两个衙役带进一个大院。

监狱是个阴森的地方，唐宋很害怕，不过还是趁进门那一瞬间，抬头看到上方有道匾，上面题着几个字：“第一百号监狱”。

他们进了一个房间。两个衙役等唐宋站到房中，就对他宣布说：“从今以后，你就是我们这个监狱的一名囚犯了！你必须遵守监狱规定，我们这里是白天放风，晚上审讯。一切按牢房程序进行！”

唐宋战战兢兢地问：“牢房程序是什么？”

两个衙役大吼说：“犯人不准提问！我们自己会向你宣布的！牢房程序就是，先接受二十大板，再面壁思过，最后写悔过书一万字！每天夜里都是如此！”

唐宋立刻晕了过去。

两个衙役又把他拎起来，几个耳光打清醒过来，然后开始按牢房程序办事。

二十大板打得唐宋皮开肉绽，惨叫连连。

面壁思过让他直站到腿脚酸软，头晕目眩。

写悔过书让他胳膊发麻，泪流满面。

好不容易三道程序都完成了，唐宋听到一声鸡啼。他猛地打了一个激灵，这才发现自己躺在床上。

哈哈，原来这只是一个梦呀！唐宋放心了。他奶奶的，我还以为自己真栽进去了呢！他心里说。

不过，做了一晚上噩梦，他全身都直僵僵的，跟真的服刑差不多，这让唐宋很沮丧。要知道，今天有一个会，一个下乡视察，一个招商引资，还有一个酒局在等着他呢。

他强打精神做完这些，已经全身疲惫，这时天又黑了。

今天唐宋没有回家，他意识到自己这样下去会垮掉的，必须好好调整自己的身心，而要调整身心，自然得在最想睡的地方，和最想睡的人在一起。

渐渐地，他美滋滋进入梦乡。

他又穿上囚服，被带进了第一百号监狱。两个衙役又对他怒目而视，然后宣布监狱规定，接着又开始了痛不欲生的牢房程序……

他在受刑之际，冲口叫了一声："我不明白，这一切都是因为什么？你们为什么要我夜夜服刑？我是不是将永无宁日啦？"

两个衙役大吼道："住嘴！问你自己！"

市长的墨宝

市长是书法协会会员。

他还不是市长时，他的书法就已成名。但自从当市长以后，他不再在公开场合挥毫题字了。不在公开场合挥毫，相反，他在家中书房里写得更勤奋，处理完公事，回到家中，一个人进书房，磨墨，铺纸，全神贯注写上一气，再洗笔，收砚。

好不痛快！

只是，有一件事，他每次都做得很认真：把写有字的纸撕成碎片。

老婆不解，问："你这是为什么？"

"唉，能为什么呢，上次你把我练字的纸卖废品时，不是有人高价去买吗？幸亏我发现了，当场收回那些纸，要不……"

"人家拿去就拿去呗！"

"当市长前，求字的少，当市长后，求字的暴增。只怕有的人不是冲我的字，而是冲我头上的乌纱帽来的。"市长说。

一天，一个老朋友前来找市长，说有人定要求一幅字。

市长说："那人托你来求字，可见他很有心机。正因为此，我更不敢答应他的请求。可是你是我的老朋友，这个面子多少得给呀，我还是写一幅给你吧！"

老朋友连忙帮市长展纸，磨墨。

市长拿起笔，慢腾腾地写了几个字，几个从字帖里照着写下的字。

字写得歪歪斜斜，松松散散，非常难看，甚至还不如初学毛笔的小学生。

老朋友吃惊地瞪着市长握笔的手。

左手!

市长说:“呵呵,我的右手握钢笔签字的时候多,左手看着它辛苦,主动代劳写幅字,你不会介意吧。当然,这幅字你忍心拿出去,损害老朋友的形象吗?”

最美的风景

厂长人年轻，很有气派，他的女秘书起初心高气傲，见不少女孩子追厂长还暗自嘲笑，不想，后来她比其他所有女孩子都更爱厂长了。

感情与日俱增，最后一发不可收拾。

终于，她决定向厂长表白这份感情。

这天晚上，她在单身宿舍里用手机给厂长发了一条短信："我愿成为你的世界里最美的风景！"

厂长也在自己的单身宿舍里，很快回了短信："已阅，同意！"

女秘书大喜，整夜难眠。她做了个好梦，在梦里，人人都称她为"厂长夫人"，她心里美呀，不知不觉从梦里笑醒了。

第二天，厂长专门约请女秘书一起到附近的山里散步。这里风景秀美，女秘书一身轻飘飘的，如在仙山遨游一般。

等到了山顶，厂长对着女秘书，问她："这里美吗？"

女秘书正在陶醉，一听，立即回答说："太美了！今后你能带我多欣赏些美丽的风景吗？"

厂长不置可否，说："这里真美！从山脚到山顶，生长着很多树木，不管笔直的还是弯曲的，也不管高大的还是娇小的，它们都很美。我想问问，你注意过这些树吗？"

女秘书摇摇头，她说她只觉得这些树合起来构成了很美的风景，却并没有注意过每棵树的样子。

厂长看着女秘书的眼睛，突然说："你很美，也像这片风景里的某一棵树。"

女秘书一怔，然后她明白了厂长的意思，她哭着问道："你是说，我只是你的世界里的风景而已？"

厂长点头，说他在家乡早就处了一个女友，而且两人正在热恋中。

女秘书问："那你热恋的女友呢？她是你的世界里的什么？"

厂长说："她不是风景。"

酒还很满

一群年轻人天天在一起，上班，娱乐，喝酒，品茶。他们不分彼此，关系很铁，用俗话说就是，穿一条裤子，一个鼻孔出气。

小陈是其中的头儿。

由于看不惯领导的某些规定，他们拧成一根绳跟领导斗，后来领导败下来。上级决定让大家自选领导，小陈众望所归成了新领导。

小陈当领导很念旧情，继续跟年轻人天天在一起，上班，娱乐，喝酒，品茶。

平时相聚，小陈会十分豪爽地说：“哥们，干杯!”然后将酒一饮而尽。

在有很多人参加的酒会上，小陈也会特别亲热地对年轻人说：“好哥们，干杯!”

但是年轻人发现，小陈对其他人的态度却很不一样。小陈有时会官腔十足，有时会不胜其烦，有时会声色俱厉。

这群哥们发现，即使对职务只比他小一点的干部，小陈都很不客气。

大家突然觉得，再跟小陈称兄道弟是否不妥。

于是这群年轻人不再叫他小陈，而是叫他领导。再请小陈聚会时，谁也不让他出钱，而且小陈不举杯，大家就不好意思先喝酒。

酒桌上的讲话时间，也差不多都留给小陈了。

小陈发现了这种变化。他说：“别这样，咱们可是好哥们!”

可是这群年轻人说：“领导把咱们当哥们，谢谢领导!”

后来这种变化渐渐被双方接受，即使哥们之间的聚会，小陈也当仁不让，成了酒桌上的中心，大家在他面前满脸堆笑。

元旦到了，按过去的习惯，哥们总会找个地方好好聚聚。但是这次没有人请小陈，小陈通过他人问出大家聚会的酒店，悄悄跟去了。

还在楼道上，他就听到哥们的话。

小李说："想请小陈，可人家现在是官。请了他，总觉得大家都不太自然。"

小王说："对对对，不请最好，他好像变了个人。"

小张说："是他变了个人，还是我们都变了，我也说不清楚。明明人家还把我们当哥们，可我们就是不敢把他当朋友了。真是奇怪！"

最后小刘说："虽然不请，但还是给他留个空位，摆副碗筷吧。"

……

小陈有些难过，他透过窗户向里张望，只见一个空位上，摆了一个酒杯，里边的酒很满。

温　暖

村子不大，美人却多。

有人说这块靠山又挨平地的小村，水清亮得好，树苍翠得好，人出落得好。

队长瞄上了美人小香，那女人身上有股子香气，队长的鼻子隔几块田远就能闻到。开春不久，地上铺满了菜花，队长见人家的老公外出打工了，就三天两头去小香家溜溜。

小香避嫌，问他没事老来干什么，他说：“作为队长，我得关心队员们呀，特别是像你这种老公在外、家里缺乏男劳动力的女人，你说是不是?”

队长说这话时，鼻子一吸一吸，看来香气让他有些魂不守舍。

“那你为什么不去小芹、小薇家呢?”小香站到门外边，指了指其他几间房屋，似笑非笑地问。

队长只好说，要去的，要去的。

队长摸出一瓶很贵的护肤霜，交给小香。

小香眼睛放光，接过来颠来倒去地看，快活无比地说：“那天我在化妆品店看了很久，还是舍不得花钱买这种护肤霜。现在可好了，有了。感谢队长的关怀!”

队长见收了他的礼，欢天喜地又问还想要什么，只要她肯说，队长就肯买。

这下小香不客气了，说想要一瓶养胃的奶粉，一瓶防脱发的沐浴露，一套高级羽绒服。

队长美滋滋地答应下来。他看着小香，两手因为激动，一直在胸前比画。小香赶忙转身进屋去了。

第二天，那几样东西，小香全都得到了。

小香冲队长嫣然一笑，然后进屋把门关上。

队长急了，连连敲门，小香却在屋里说：“请队长大人稍等，待小香把这套衣服换上，再让你看不迟！”

队长心里一漾，别提有多舒坦了。他就在外边等候。

菜花开得真他妈艳，金晃晃的，让人觉得满眼都是黄金。队长觉得，在这个地方当这样一个队长真是太受用了。

半小时过去了，小香也不开门，队长觉得这么站着影响不好，正想找个地方暂时藏身，这时门开了。

小香依然穿着刚才的衣服，队长正在疑惑，从小香身后闪出一个人来。

是他的老婆！

他老婆已经把那件羽绒服穿在身上，手里拿着奶粉和沐浴露，正铁青着脸瞪着他。队长吓了一跳，这才想起小香家有个后门。

小香说：“队长，还是给你老婆送点温暖吧！我老公给我的温暖足够了！你老婆胃不好，头发也掉得厉害，虽然是春天了可还是怕冷，这全队的人都看出来了，亏你还是他的男人，竟然不知道?”

从此，队长一闻到小香的香味，即使隔几块田远，也都绕着走。

酒里人参

她的男人爱酒，她爱他的男人。

她的男人在结婚不久，就买来一个大大的玻璃坛，灌了十斤清清的粮食酒，在酒里放了两根长长美美的人参。夜夜，人参在酒里静静躺着，而她的男人则在酒外默默瞪着，仿佛瞪着一个美丽的童话。

她也喜欢上人参，一天，她说："那个大人参多像你呀！"

男人一拍桌子："就是就是！"

"那么，那个小人参像不像我？"她又问。

"不像你！"男人脱口而出，但很快回过神，改口说，"就是像你！"

她觉得很勉强，很勉强。

男人依然天天瞪着他的人参酒，而她依然天天瞪着她的男人。

一天，她找到了男人那个隐秘的 QQ 号的密码，就偷偷打开，进了空间浏览相册。她呆了，嘴唇咬出了血。她看到一张照片，是在一个山间的小潭里拍的，潭水很清，像酒；水里只有两个人，几乎赤裸，像两根人参。这两根人参躺在一起，躺得那么宁静而安然。

照片下边有一行说明：别了，我的参妹妹！——参哥哥留言。

她悄悄下了 QQ，当作什么事也没发生一般。只是她不再问"人参像不像我"那种傻话。

有一天，她又买了十斤酒，想往酒坛里倒。可是她的男人挡住说："我正好买了两根人参，换新的吧。"

她的男人兴致很高，指着新人参说："这根大一点的，像我；那根小一点的，像你！"

她脱口而出："不！像参妹。"

她的男人红着脸说："那个参妹，在我们结婚之前就出国了，成了西洋参了，她的味儿早就淡了……"

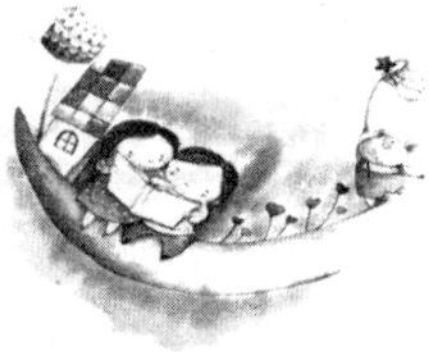

我没病

住院仨月，老人的病总算好了。老两口儿一回家，就去向亲戚朋友登门道谢，仨月里，这些人又是送钱，又是送鸡，又是送水果。老两口儿想，做人得知恩图报啊！

“好了吧?”大家都高兴地问。老两口儿直点头。

“那什么时候庆祝一下呢?”每个人都问。

“这……”老两口儿为难道。大家见他们支支吾吾，都大度地说“不急不急”。

老两口儿不敢贸然答应，得合计合计。他们家本来就穷，治病又背了一屁股债，实在待不了客。这事就这么拖着了，老两口儿再到人前，总觉得亏欠人家，心里十分别扭。一见有人议论什么，就老想着是在戳自己脊梁骨。

这事没完，有人问起：“不庆祝啦?”

“这……”老两口儿仍然支支吾吾。

“庆祝一下，大家热闹热闹，也把喜气带进你家，病就被冲得远远的。”

“对！到时我把工也停了，好好玩一天。”年轻人更来劲，像在等待某个节日到来。

“是不是没钱办酒水？我们借给你得了。”有人出主意。

老两口儿硬下心，真向大家借了钱，叫儿子在账本上多记了一笔，第二天就办了五桌。全家人忙里忙外，院子里热闹非凡。下午，有四桌麻将和一桌扑克开战。谁都没有注意老人，他捂着腰，提着水瓶给大家添水，不想突然倒下。很快救护车来了，但是他坚决不上车，不去医院。

老人脸色苍白，却强笑着说：“我没病……”

插　花

女人很爱整洁，她穿得精致，把办公室打扫得窗明几净，还在桌上插了两瓶正当时令的花。其他办公室里乱得像猪窝，所以不管男人女人都喜欢往她这里来。

女人的男人远在北京，一年回来一次就算不错了。

女人话不多，但声音很柔很细，十分悦耳。她不爱跟男人们开玩笑，但男人们爱跟她开玩笑，特别是程欣这厮。

程欣一进女人的办公室，就俯身瞪着那些很有美感的花说：“好漂亮，惹得人心痒，我可要采花啦!”边笑，边动手抽出一枝来，用鼻子闻，还用嘴去亲。女人笑骂他不正经，但心里很快活。她不讨厌程欣来坐坐，真的，不讨厌!

久而久之，程欣的话越来越放肆，女人起初有些害臊，但后来，玩笑任他去开。

有天，程欣来“采花”时，悄悄将一张纸条塞进她的桌里，她当时就看见了，心一下跳个不停。下班后，她本来该走两点一线的，但今天不自觉地绕道了。

程欣已经在一个僻静的地方等她了。她上了他的车，程欣准备带她去另一个城市。

但是很不幸，他们跟另一辆车撞上了，程欣的腿鲜血直流。她急了，不假思索要打 120，但程欣抬起胳膊，疲惫地按住她的手，虚弱地叫她快离开这里。她明白了！哭着跑向一条小巷。

第二天，她照常上班。她的桌上却唯独今天没有插一束花。她神情疲倦，极像一朵蔫了的花……

蹲在垃圾堆里的笑容

我提着塑料袋，吹着口哨，来到一道围墙外边，墙那边是一个垃圾堆。我使劲一扔，塑料袋飞进墙里。

我很满意，觉得自己扔得很准，落下去的地方不用看也是垃圾堆的最中间。

“哎哟——”

我听到一声呻吟，吓得魂飞魄散。里面有人！我竟然忽略了这一点。我赶忙绕过墙去一看，一个七十多岁的太婆蹲在垃圾堆里，正捡着废品。塑料袋就落在她的头上。

她全身很脏，背驼得像个虾米，头发全白了，蓬乱，还黏着几根草叶。

“对不起，对不起！”我连连道歉。

老人冲我一笑，说：“呵呵，没事，我身体硬着呢。”

她的笑是真诚的，也带着很大的谦卑。我认识她，经常看她背一大包东西回去，都是从垃圾堆里“淘”来的旧货、废纸等。

误砸到老人，我十分不安，她的年龄比我母亲还大。要知道我扔的袋里还有双旧皮鞋！我去查看她的头部，老人却一个劲地说：“我们这些人命贱，没事没事！”

命贱？命贵？不都是命吗！

我不敢走，站了好一会儿。老人呵呵地笑，又开始捡起垃圾。她的身体一躬一躬的，我涌起一阵难过。

我突然想到什么，快步跑回家去抱来一袋废纸，放到她的身边，说送给她了。其实，这是我老婆每天收集的，准备等收荒匠来时卖个一二十元钱。

老人赶快站起来，手在围裙上来回揩好几下，然后收下那袋纸，脸笑得那么欢喜。我看到，她的牙齿只剩了几颗。

那天，是三八节。

我默默站在一个捡垃圾的老人身后，将节日祝福又再说了一遍，就像对其他任何一个女性说的一样真诚。

打老鼠

这天，公园里来了个中年男子，有些失魂落魄。他见路旁有个小孩子爱玩的打老鼠游戏摊，发了会儿呆，问成人可不可以玩。

“只要给钱，谁都能玩！”摊主有些诧异，却巴不得地说。

于是中年男子握着橡皮锤，等儿歌一响就打了起来。但他实在笨得很，明明看着老鼠从洞里钻出来，一打，老鼠又进洞了，好长时间连一只老鼠都没打中。

摊主抿着嘴直笑，心想：小孩子都比他强！

中年男子来气了，抡锤的力量加大，砸得摊子砰砰响，一边打，口里还一边不停地叫着：“英语！城里！老婆！”

摊主心痛了，赶忙制止说：“看你斯斯文文的，却怎么使闷脾气呢？再这么砸，游戏机非被你砸烂不可！”

说罢抢过锤子，不让他玩了。

中年男子玩了游戏，心情一下子好转，变得兴高采烈起来，说道：“打老鼠原来这么难，看来有些事情是怪不了我的。”

摊主很不解，就问他为什么砸一锤就叫一声“英语”。

中年男子笑了笑，说自己二十年前在师范学校毕业，单位让他教英语，他死活不干，一定要教自己喜欢的语文，哪知英语现在火爆成这样，想不补课家长都不同意，真是穷了语文富了英语。

摊主这才明白，原来英语在他心里就像一只狡猾的老鼠，又问为什么边打边叫“城里”。中年男子叹道，城里教书工资一直比乡下高得多，前几年好不容易调进城里，哪知才一年，政策下达，城乡工资就都一样了，自己进城买房借了一大笔钱，弄得苦不堪言，早知这样就在乡下多自在呀！

摊主乐了，心想他真够倒霉的，然后又问为什么还要叫声“老婆”。

“唉，别提了！今天挨了老婆的骂，是出来躲的。我一辈子都做出错误的抉择，老婆经常骂我窝囊。我当面不敢顶撞，现在也把她当成一只老鼠，就想砸一下解解气，不成吗?”

中年男子悻悻地说，引得摊主哈哈大笑。

那两个人

家搬进城后，小亮很恋旧，经常回小镇与过去单位的同事打小牌。

这天，小亮回家时，由于输得很惨，有些不好意思。

晓月每次都要搜衣兜，这次发现小亮输了三百元。

“打那么小，怎么可能输那么多？”她柳眉倒竖。

“唉，手气太背，尽挨人家的杠上花；自己一杠，尽在放炮……”小亮不敢看她的眼睛。

“你真的是在老实打牌，没绕道去别的地方？”晓月哪里肯信，追问道。

小亮警觉起来，赶忙表白：“天地良心！我是真输了三百元，我可没偷偷藏钱去找相好的，更没与狐朋狗友吃喝玩乐。”

“我才不怕你这些呢，你没那胆！”晓月得意地哼了一声。

小亮不解，问她怕什么，她说：“你就没回趟乡下，瞒着我给那两个人送钱回去？那两个人不是总打电话来叫苦，今天要交电费，明天要买中药吗？”

原来小亮的爸妈住乡下，离小镇不远。

小亮呼地跳起来，瞪眼问她：“你说的‘那两个人’是谁？”

晓月说：“你自己知道。”

小亮第一次用陌生的眼睛看她，而且越看越陌生，他嗓子发哑，说：“‘那两个人’是我爸我妈，也是你爸你妈。难道你能容忍我把钱花在相好的和狐朋狗友身上，也不能容忍我把钱孝敬给亲生父母？”

这时，电话响了，晓月离得近，拿起听筒。

是“那两个人”打来的。婆婆说，刚听人说小亮在镇上打牌，怎么不回老家吃顿晚饭？也好顺便把草药带回城里嘛。

草药是公公专门为晓月挖的，花了一整天时间。几天前她在二老面前淡淡提起过，说想找点草药泡水来喝，只是说过之后自己也都忘了。

现在，晓月放下电话，有些歉意地看着小亮。

童话妈妈

村里有位年轻的母亲，认养了好几个被遗弃的孩子。他们都得到与她亲生的孩子一样的爱护。由于她天天给孩子们讲童话，人们都叫她“童话妈妈”。

她有讲不完的童话，孩子们沉浸在她的童话里，生活非常开心。

孩子们最喜欢她讲的这个童话：有一只鸭妈妈，接连三天都在路上捡到别人弄丢的蛋，生怕这些蛋被人打碎，就带回窝里，跟自己的蛋一起孵。后来这些蛋都变成了小生命，她又将他们全都养大。哇，这些蛋竟然长成了大雁和天鹅！他们飞得很高，却永远爱着他们的鸭妈妈。

孩子们听了，觉得童话妈妈就是那只鸭妈妈，而他们就是那些被弄丢的蛋，也会像童话里那样，将来变成大雁和天鹅的。

这天，童话妈妈又讲了一个童话：

有一群小鸡在草地上玩捉迷藏。他们有的藏在树丛里，有的藏在草垛里，有的藏在石洞里……玩得很开心。后来，他们的妈妈急匆匆从家里出来找他们，他们就缠着妈妈，让妈妈也陪他们捉迷藏。妈妈其实正有事要向他们宣布，想了想，就答应了。但是她郑重地说了一番话：“孩子们，你们玩这个游戏，藏的时间也太短啦，妈妈想玩个藏得久的，藏好多年呢。你们就是天天找，也不一定找得到，只有等你们都长大了，我才决定出现。你们用不着伤心害怕，因为我们是在玩游戏嘛。你们觉得好玩吗？会因为找不到妈妈而伤心害怕吗？”

孩子们一听，什么？妈妈要玩藏这么久的迷藏？太好玩了！

于是他们都闭上眼睛数数，因为妈妈要求他们数到一百才能睁开。

等大家都睁开眼，发现妈妈真的藏起来了。而且找了整整一天都没找到。晚上他们问爸爸，妈妈究竟藏在哪里，可爸爸说：“你们是在同妈妈玩捉迷藏，不是吗？我可要遵守游戏规则，不告诉你们妈妈藏在哪里哟。”

这样，小鸡们并不伤心，每天都继续找他们的妈妈，可是妈妈每天都没有出现。直到有一天，小鸡们长大了，妈妈才回家。原来她是外出打工去了。没有打工挣来的钱，小鸡们就不能幸福地生活，也不能长大。

讲完这个童话，童话妈妈也庄重地对孩子们说：“现在我也准备跟大家玩这个捉迷藏的游戏，你们愿意吗?”

孩子们听说游戏要从小玩到长大，有些不愿意，但既然是游戏，那一定很刺激。他们想来想去，最后都决心试一试。

“那好，从明天早上开始，我就藏起来，你们来找我。但是，一时找不到也别伤心害怕，因为我们是在玩捉迷藏的游戏，听懂了吗?”

“懂了!”大家兴奋地回答。

第二天，孩子们起床后，果然没有见到童话妈妈。

此后他们一直没有见到。但是孩子坚信，等长大了，童话妈妈就会出现。所以他们并不怎么伤心，即使很想妈妈时，他们也互相安慰，共渡难关。

童话爸爸接替了童话妈妈的工作，每天无微不至地照顾着孩子们。

终于有一天，他们明白了事情的真相：童话妈妈患上绝症，离开了她心爱的孩子们。当知道自己将不久于人世，她就编出那个童话，让孩子们不要悲伤。由于孩子们太小了，她要求大人都隐瞒自己住院的消息，办葬礼时，也让人带着孩子们外出旅游。

童话破碎之际，孩子们都长成中学生，已经挺得住噩耗了。

不平凡的雕塑

我是一个雕塑家，在城里也算小有名气，但最近灵感枯竭，对自己创作的塑像都不满意，于是，我决定深入生活，去采集素材。

就这样，我带了个相机，徒步而行，向大山走去。这天，我到了一个只有几户人家的小村旁边。远远地，我看到一个农妇在地里除草，她身上的衣服有些破旧，饱经风霜的身影，让我看呆了。这真是个难得的素材！我情不自禁地举起相机，“嚓”地一响，拍起照来。农妇一直背对着我，这会儿转过身来，冲我和善地一笑，这一笑，更是把我迷住了，我那颗寻求艺术的心被什么重重撞击了一下，立时激动不已。于是我走上前，向农妇征求意见，说是想为她照几张相。

农妇不解地问：“照相？照我干什么？”

“我是搞雕塑的，可能你不懂这个职业……”我想解释，但考虑到对方的理解力，一时不知如何措辞，正在犹豫，农妇却突然像是明白了，说：“我懂的，我懂的！”我注意到，农妇眼里猛然之间放出光来了。

原来，农妇有个女儿正在读大学，学的就是美术专业，今年春节回家时，还专门带回了一个自己创作的雕塑作品，农妇正是从女儿嘴里了解了这方面有限的一点常识。她现在看到我，就好比看到了女儿的未来，所以激动不已，她站在地里，任由我拍了照，还热情邀请我回村里做客。这正合我意，因为我实在不愿错过观察这个鲜活的人物形象的机会。

农妇忙着收拾好农具，带着我回村。路上，我想到一个问题，就盯着农妇的衣服，问：“你女儿读大学，一定用去你家不少钱吧？”

这下勾起了农妇的伤心事，女儿读书的钱其实准备得还算充裕，无奈天有不测风云，人有旦夕祸福，就在同年，她丈夫大病一场，这才弄得捉襟见肘。不过她又说，等女儿有工作后会好起来的，说罢憨厚地一笑。

我不能不为之动容，想到自己这么一来无疑打扰了这家人的生活，决定先把话说明了，于是就开了口：“嗯……我是搞雕塑的，回家后我想以你为原型塑个像，今天下午我帮你干活，明天再赶路，100 块钱怎样？”

农妇突然停步，异样地看着我。我见她半天没吭声，以为她嫌少，又补充说，自己这些天里在山里行走一月都是这个标准，还提醒说，我能为她讲述有关雕塑方面的事，兴许对她女儿有用。大概这句话起了作用，农妇又笑了，声音低低地说：“钱呀……老师，就 50 元吧。”

我感激地点点头，显然农妇在替我着想，这令我心里一热，决定先答应下来，明天走时再悄悄多留点钱。

到农妇家里，我见了她的丈夫，那是个老实巴交的农夫。午饭除了一小盘腊肉之外，都是素菜，但看得出，这家人已经是倾其所有来招待我了。

我们边吃边聊，夫妻俩不断打听有关雕塑方面的事，我则暗暗构思怎么为农妇塑像。饭后，我留在屋里喝茶，农妇却把农夫神秘兮兮地拉到外边，两人在院门口嘀咕了一阵子，然后我看到农夫去了邻居家里。

我说到做到，一下午都跟在农妇身后，她干活，我就在旁边帮忙，随着自己对农妇生活的熟悉，我心中雕像的样儿也更加清晰了。

晚上的饭菜变得很丰富，而且来了好些邻居，他们陪着我喝酒聊天，气氛非常热烈。我当然不笨，知道这些饭菜肯定是全村山民凑份子来招待我的，心里十分感动。这天晚上我失眠了，恨不能马上回到工作室，把农妇的形象雕塑出来，这将会是我迄今为止最好的作品，我很自信。

第二天一大早，我向农妇和农夫道别：“感谢你们的款待，祝你们的女儿成为一个优秀的艺术家。等我为你塑的像完成之后，我会拍成照片寄来的。”然后，我伸手在衣兜里掏钱，昨晚我就准备好 200 块钱，农妇一家对我这样好，我可不能让他们吃亏。

可这时，却见农妇拿着 50 元钱交到我的手里，我一头雾水，忙问这是怎么回事，农妇说：“……实在不好意思，昨天你说 100 元，可我们手头一时真拿不出这钱，这 50 元还是女儿她爸向邻居借的，所以请你不要嫌少。”

我还是没有明白，就问：“明明是我在你家吃住，为什么你要给我钱呢?"

农妇说:“你不是给我们拍了照吗?再说你还帮我们干活了,我想,一定是你在外边时间久了,钱快花完了,就想帮人干活挣点钱,这样才能回家,要这样的话,我们不能不帮你的忙呀,再说,我们真想从你那里了解些情况,以后对女儿也有用的。"

我眼睛湿了,天哪,是农妇把我的话理解反了,可正因为这一错,才让我看到了他们金子般的心灵。我的雕塑不久便问世了,在城里引起了不小的轰动。一天,一个女大学生也来展馆观赏,看着看着,她泪流成河,颤抖着嘴唇叫了一声:“娘啊……"

楼上楼下

这天，辜良刚进小区，从三楼的窗户就伸出一个圆脑袋，冲他大叫：“你可回来了，快进我家来看看！”

辜良皱了皱眉，不想理睬圆脑袋。他慢腾腾地上楼，可被人家拦住，硬拉进卫生间里。

“看看，看看！这都漏成啥样了？刚才我打着伞上厕所，可还是淋了一屁股的脏水，奶奶的！租这房真倒大霉！偏偏房东前天出国了，叫我直接找你。”圆脑袋怒气冲冲地说。辜良一听，扑哧笑了。他淡淡地看了看，只见房顶正吧嗒吧嗒滴水，墙上到处都有水道道。

圆脑袋叫黄源，才租了不到半月，小区没正规物业，一直是“各人自扫门前雪”。他见辜良不搭言，急了，催促道：“你住楼上，我住楼下，咱可是邻居。说说怎么办吧！”

辜良打量着黄源，发现此人身材高大，一身肥肉，头发剪得忒短，要戴副墨镜，绝对像香港电影里的打手，只是透出一股愣劲。好一会儿他开口说：“黄哥，以前租这房的人也跟我反映过，我一直很配合，可请了好几个师傅来，就是查不出哪里漏水。要不，你再请人查查？”他把手一摊，显出无可奈何的样子，说完就想抽身上四楼了。

黄源一把拉住他，说：“你听，我请的师傅都来了！”果然，楼下有人喊了一声“黄哥”。辜良没想到圆脑袋性子这么急，心里说，算你狠！

黄源赶紧把师傅叫进来。师傅开始检查，又到四楼上看了看辜良的卫生间，说是以前的防水层做得不好，需要把辜良家卫生间的地面敲了重做。

黄源就直瞪着辜良，看他怎么说。

辜良心想，瞧你急成猴样，可这有啥用？邻里间最难办的就是这些事。他故意慢悠悠地说："师傅你看准没有？以前几个师傅可不这么说。要真是防水没做好，我可以出钱重新做，可万一问题不在这里，那我又出钱又耗时更劳了神，你可得负责。"

但是师傅保证他的判断没错。

"不对，最好是多请人看看，就像医生那样会诊会诊。"说完，辜良想溜，可黄源站在门框里，用大块头把门封得死死的，他提高嗓子说："你家的地面漏水，害得我家没法住，你可不能不管，不然你休想走出这门！"

看他那样子，像要跟辜良打架似的。

没想到，辜良却大喜说道："黄哥，今晚咱哥俩到外边喝酒去，边喝边聊如何？"

黄源摸摸圆脑袋，搞不清楚他葫芦里卖的什么药，但还是说："喝就喝！"

送走师傅，他们进了街边的一家小酒店。看着几个可口的菜点上桌，黄源把话说在前头："你要是想一顿饭就把我打发了，这可没门儿！别以为我是租人家的房子，就让我将就过日子。卫生间三天两头漏水，这不是小问题！"

这小子，还真猜出我的意思了，辜良觉得好笑。然后他说："我请你喝酒，可不全是这个想法。"

"那是啥想法？"

看黄源又急了，辜良却端起酒连催他干杯。两人你一杯我一杯地喝起来，等酒气都上了头，黄源又问辜良是啥想法，这时辜良才说出心里话。

原来辜良家也在漏水，而且还要严重些。半年前有天早上，辜良发现儿子尿床了，这泡尿也实在太大了，半张床都浸湿了。辜良很生气，掀开被子，就在儿子屁股上重重地给了两巴掌，打得儿子哇哇大哭。可被子上抖出不少墙泥，妻子心细，这才看出是天花板渗水掉皮了。从此，儿子就再也不愿睡小卧室，一家三口又挤在大床上。

黄源瞪大眼睛，不相信他家半年时间竟然这么过："为什么不找楼上住户解决呢？"

辜良叹气说："怎么没找！可楼上那位姓高，是个不大不小的官员，架子很大，根本不把我的话当回事。我找他理论，他要么推说没时间，要么说问题不一定真出在他那里，总之我跑了不少路，全被他搪塞过去。”

黄源盯着辜良单薄的身子骨看，越看越乐，他拍拍胸脯，说：“你呀，一定是太软弱！得给他来横的，堵住他，缠住他，烦死他！比如今天，你要不修，我就跟你没完！”

辜良苦笑起来，又说：“有一次闹到居委会里，也是白搭。人家说是刚装修不久，而且花费不少，一口咬定问题不出在他那里，就这样，一直拖到现在。儿子的床至今都空着，上边用塑料布盖着。这日子！……现在你知道了吧？我请你喝酒，咱俩是同病相怜啊！”

辜良端起酒杯一口就干了。

黄源一拍桌子，骂道：“老拖着怎么行？依我，就捶死他！”

辜良趁着酒意瞄了一眼黄源的大块头，心想：过去楼下租房的可没这么好利用。他觉得时机已经成熟，便支使说：“黄哥，咱可是拴在一根绳上的蚂蚱。要不你帮我去劝劝那个姓高的，只要他行动了，我立马也开始修，你说呢？”

“就这么定了！我马上去找他理论。”黄源把最后一口酒喝干，咚咚地走出酒店。

“我等你的消息！”辜良对着那颗圆脑袋大声说，心里别提有多高兴。

他付了账，晕晕乎乎地回家。到四楼上，他停住仔细听楼上的动静，果然听到黄源在大吵大闹，好像还把茶几拍得啪啪响。他放心地回屋，关上门，只等黄源带来胜利的消息。

可是左等右等，黄源也没来敲门。他坐不住了，出门偷听，楼上却再无声响，他又下到三楼去黄源门边，却大吃一惊，因为里面鼾声如雷。乖乖！这黄源竟然自个儿回家睡了，真是怪事！他心里尽管七上八下，也只好回家睡了。

第二天，黄源还是没来找他。他在楼梯上遇到姓高的官员，官员见是他，脸色立即阴沉下来，鼻子哼了一声，把辜良挤到一边，下楼去了。

辜良只好去上班。

偏偏单位里临时派他外出办事，他匆匆收拾了一下就登上火车。回来的时候已经是十天之后了。但是这十天里，黄源竟然没有给他打一个电话。难道这几天没漏水啦？

这天，他在楼梯上遇到了黄源。只见黄源正往上走，看样子是要上五楼去，辜良心里高兴，连忙迎上去打招呼。可是，黄源像变了个人似的，只冷漠地看了他一眼。辜良问他家里还漏水不，他竟然说现在不漏了。

“不漏？那你上楼去干什么？”辜良狐疑地问。

“去我家呀。哦，这几天高哥已经把房子卖给我了。其实我并不想长期租房住，可想买房又短点钱，二手房倒便宜，又不好办按揭。我们喝酒那天晚上，高哥说他正想卖房，还爽快地答应帮我办按揭。他人可真好，第二天真就办好了。现在我住五楼，所以不漏了。”黄源阴阳怪气地说。

这话把辜良惊得眼珠子都快掉下来了。十天时间，竟然变化这么大。

辜良想，既然姓高的官员走了，他又跟黄源一起喝过酒，自己家漏水的事就好办了。于是他反过来求黄源，哪知黄源口气强硬地说：“高哥说，以前防水做得非常到位，责任不在我家。再说，我刚买了房子，哪有什么钱重修？”

“你……”辜良气得牙痒痒的。很显然，这姓高的走了也要借黄源的驴蹄子来踢蹬他一下。

“高哥讲了很多关于你的事儿。你这人真阴！那晚我差点就上了你的当，幸好高哥大人不计小人过。”黄源甩下这句话，趾高气扬地上楼去了。

辜良被噎得一句话也说不出来，心里酸酸的真想哭。他知道邻里之间的烦恼不仅没减少，反而更多了。自己并没干什么缺德事，完全就是个受害者，可到头反成了大坏人。万般无奈，他做好“打持久战”的准备，开始着手在网上搜索资料，并打电话向律师咨询，决心通过法律的武器来解决难题。

这天，楼下又搬来了一个租房的，很快就发现卫生间在漏水，于是找上楼来。辜良开门一看，是个老太太，面容和善，像个教师。两人谈了几句，结果真是教师。没等她开口，辜良就说：“你家卫生间漏水了是吧？我明天就请师傅来，重新修整防水层。”

“你真能替别人着想！”老太太夸奖说。

“唉，是我的责任就该我负！以前总是推诿，结果……”辜良答道。

说干就干，不出三天辜良就解决了漏水问题。

可楼下不漏，他家又开始漏了。这天，老太太上来致谢，只见辜良正忙得不亦乐乎。老太太好心地说：“这事好办，包在我身上。”

老太太果然没说假话，三天之后黄源也把卫生间重修停当。

原来黄源是她的学生，最听她的话了。黄源租住的房子没到期，一想，老师正要租房，干脆免费让她来住得了。老太太上楼把黄源说了顿，教育他该谁负的责一定要负，黄源听了，一个劲地点头。不久，在老太太的劝导下，辜良与黄源握手言和。

三家人成了和气邻居，经常聚在一个屋里吃饭。

伞下迷情

公交车停下来，只有马达一个人下车，很快车又开走，只留他在路口。

雨不大也不小，这是在城边上，连三轮车也没有一辆。马达只好淋着雨走起来。咦？在一根电线杆上靠着一把雨伞。是谁将伞忘在这里呢？

马达将伞打开，撑在头上，但他不愿顺手牵羊，在原地等了一会儿。最后见没人找回来，这才打着伞走了。伞是玫瑰色的，色彩亮丽。大概雨中得伞也跟雪中送炭差不多，他的心情变得越来越好。

后边响起脚步声，是女人的高跟鞋在跑动。他回头一看，一个被雨淋得很狼狈的女人已经到了跟前。她三十来岁，正用乞求的眼神看着他说：“先生，你看这雨……我能躲到你的伞下吗？”

马达立即将伞移到她头顶上。两个人一起走着。一问，原来女人要和他同行四条街，马达不觉心情更舒畅了。他们边走边聊，他得知那女人住处的大概位置，当然，他也告诉她自己的公司地点。

真是一段美好的行程！他又多送了女人一条街，然后才告别，折回来重新走自己的路。

回到家里，妻子刘娅为他开门。他收起那把捡来的伞，突然发现，刘娅跟那个路遇的女人相比，难看很多。这让他很不开心，尽管刘娅为他准备了一桌好饭好菜，但他满脑子想着刚才雨里的情景。

“那把伞好艳丽，不像是男人用的。”刘娅说。

“女人用的又怎样？是我捡的！”马达没好气地说。

刘娅听出他话里的火气，于是也提高声音说：“捡的？那么容易就捡到伞？怕是某个女人送你的吧，快说是谁这么多情！”

马达又想到伞下的女人，于是激动得站起身，吼道：“就是女人送的。她比你多情得多!”

已经很久没有吵架，但现在一吵就不可开交。夫妻俩当天就分床睡了，马达晚上做梦，梦里不是妻子，而是伞下的女人。那个女人对着他笑，笑得他神魂颠倒。等醒来时，墙角只立着一把捡来的雨伞。

过了几天，他隐隐觉得有些反常。怎么回事?过去两口子吵架后，第二天就和解了，现在他丝毫没有回心转意的意思。其实刘娅早已软下来，先是弄好饭好菜讨好他，再是轻声细语求他原谅，最后在他面前哭得很伤心，但他一点也不被她感化。

他自己也奇怪了，恐慌了。为什么天天都梦见伞下女人?难道我变心了?难道我和刘娅的婚姻要走到头了?……

那把捡来的伞静静立在墙角。刘娅不敢随便处理这把伞，怕马达会跟她急。而马达每次用眼瞄见那把伞，心就为之一动，邂逅的女人立即出现在脑海里。渐渐地，他有种强烈的愿望：去找到那个女人!

他出现在城市的另一角，那个女人说她就在这附近的某个小区，遗憾的是当时没有问清楚具体位置。他时常到那边的每一条街走来走去，希望碰碰运气，能够遇见那个可心的人。无数次盼望得到无数次失望，他却毫不死心。

马达和刘娅真的到了结束的时候。打捡到伞的那天起，已经过去半年，马达饱受思念的折磨，而刘娅也一直像生活在冰窟里边。于是他们决定离婚。

同样是个雨天，只是两人各自打着一把伞。

从民政局出来，他站在街边目送刘娅离去，尽管他心里毫无留恋，但良知告诉他，是他变心，伤害了刘娅的，所以他努力表现出对她的歉意。

这时，他听到一个声音：“天啦，你竟然在这儿，我找你半年了!”

马达浑身一颤，猛地回头，半年前那个伞下女人湿淋淋地出现在面前。他们同时扑向对方，紧紧拥抱在一起。

“你来干吗?”马达问。

“我……那次和你伞下同行后，就深深爱上你了，再也无法维持原来的婚姻，今天是来办离婚手续的。”女人说。

太巧了!马达不敢相信自己的耳朵。

后来的事顺理成章，马达和女人很快结婚。他们珍藏起那把玫瑰色的雨伞，因为它是他们的“月老”。他们的日子过得很美满。

一天，家里来了一个胖胖的妇女。马达夫妻接待了她，把她让进客厅里。胖妇头发零乱，因为恰恰这天也下着雨，还不小呢。

“我好不容易才找到你们。”胖妇说，“我必须找到你们，不然，麻烦就大了。”

“怎么会呢？”马达不解地问。

“我是来要回我的伞的。请别介意，如果是一把普通的伞，我才不用找半年时间；但是这不是一把普通的伞，它或许会给这个城市带来不尽的灾难！”然后胖妇讲出伞的秘密：这把伞外观上根本看不出问题，但它能让凡是共伞的男女立即产生爱情，不管是已婚还是未婚，每个人都跟着了魔一般，为了找到曾经共伞的那个人，会不惜一切代价。

马达和妻子倒吸了一口凉气。的确如此！

“不过，你怎么知道这把伞有此功能？你又是怎样得到它的呢？”马达问道。

“伞是我捡来的。后来它从家里不翼而飞，听别人说，这种伞一年内不会老待在一人家里。它也许有魔力，自己会神秘失踪。至于伞的功能，全城都传得沸沸扬扬，你们竟然还不知道？”胖妇说得神乎其神。

马达又想到一个问题，他问：“你怎么知道伞在我们这里？”

“我从民政局那里了解到你们的婚姻有些反常，就自然想到了。你们该多打听一下，民政局记录的反常婚姻已经很多了。”

马达沉吟起来。伞还会神秘失踪？真是可怕！好在它在马达家还不到一年。他起身把伞拿来交给胖妇。胖妇握着伞，感慨地说：“我和前夫好端端的，就是因为这把伞……可现在的婚姻并不如愿，伞失踪后，我们就彼此看对方不顺眼了。我真是后悔无比！唉，现在我是想拿着这把伞去找前夫，希望和他同打一次伞，那样他就能回心转意，我们就可以复婚了。”

原来如此。

胖妇走进雨里，马达夫妻俩都送出门来。没想到一阵狂风突然吹起，伞呼地向上升，胖妇就踮起脚尖，紧紧拽着伞把，她不愿丢手，由着风势，这样她就被带到一棵大榕树下，伞面挂在枝丫上了。如果使劲猛扯，伞可就坏了。

见胖妇急得不行，马达妻子说："快去帮她一下！"

马达就小跑过去，站到伞下，他请胖妇放手，说自己个子高，往上一支，伞可能就取下来了。然而胖妇只是放了手，人还是站在伞下。

马达妻子猛然想起这伞的功能，她惊叫道："天啦，你们不能同在这把伞下！"

然而一切都迟了。更糟糕的是，马达向上支伞时，又来了一阵狂风，伞面哗啦一声撕裂，他手里只剩下一把伞的骨架……

笼里笼外

流浪汉捡到一只鸟，觉得可怜，将鸟养在一张报纸里。流浪汉是孤独的，正好需要鸟儿做伴，鸟也不飞，它觉得流浪汉什么话都跟它说，很喜欢这个年轻的主人。

流浪汉一边喝着劣质酒，一边说：“我没有房子，你没有笼子。”

鸟说：“这没什么呀！”

流浪汉说：“不！我很想有房子，也想给你一个笼子。”

流浪汉体质差，找工作不容易，因此他每天挣得的钱实在只够养活一个人和一只鸟，顶多再买一瓶劣质酒喝。借酒浇愁成了他的习惯。

鸟看在眼里，急在心里。

后来笼子有了，是路边捡的。流浪汉又一边喝酒一边说：“你有了笼子，现在只缺我的房子了。”

鸟说：“人比鸟辛苦！”

流浪汉一听这话，重重饮了一杯酒，这天晚上，他醉了。

鸟看着醉了的主人，神情十分复杂，鸟在笼子里扑腾了一夜，而流浪汉做了个梦，梦见自己正睡在一套宽敞漂亮的大房子里。

第二天，流浪汉早早起床。他想到昨晚的梦，咧嘴笑了笑。然后他精神百倍地对笼里的鸟道别，而鸟呆呆地瞪着他，一言不发，直到他把旅馆的房门关上。

流浪汉在汽车站找了一个很累的活儿。起初老板看不上他的身板，不同意，但流浪汉一拍胸脯，抢着就去帮忙卸货，老板一看还行，就点了头。这样，流浪汉在那里干了一整天，挣到了比过去多几倍的工钱，给鸟带回丰盛的食物。

鸟问：“累吗？”

流浪汉说："累！但为的是房子！"

流浪汉第二天又忙到很晚才回来。

鸟一边吃着食物一边流泪，劝他道："注意身体！"

流浪汉说："没事！"

这样过了两年。流浪汉总是早出晚归，精神越来越好，但身体越来越弱。有一天，他咳了点血，再有一天，他倒床不起。鸟在笼子里急得不行，甚至以绝食来威胁流浪汉，说如果再这样下去，鸟立即就去死。流浪汉只好休息了一天，等病情缓解了再去干活。

只是鸟永远看不到，他一人在外，干起活来还是那么忘命。

终于有一天晚上，流浪汉掏出存折，递到鸟笼里让鸟看，然后说："钱已经够了，我今天去看好了一套房子，不是新的，但已算得上天堂！"

流浪汉说话时气喘得厉害。

鸟看着存折，眼里噙着泪水。

流浪汉提着鸟笼到新房子里去。卖方是个眼睛老爱睁得大大的女人。女人问流浪汉："钱都备齐了吗？"流浪汉点点头。女人又问："你好像得了什么病，还不轻！签合同没问题吧？"流浪汉又点点头。

该在合同上签字了。流浪汉身子虚弱至极，坐都坐不稳了，他不去握笔，而是慢慢打开鸟笼。

"朋友，下边是你的事情了！"流浪汉说。

女人睁大眼睛，她惊奇地看到：鸟飞出笼子变成了人，而人一倒，落进笼里化身为鸟。

死鸟！

由鸟变回为人的流浪汉噙着眼泪说："两年前，这只鸟趁我喝醉酒，跟我互换身份。我被困在笼里，只好每天吃闲饭，而它替我四处奔波，挣回这套房子。"

流浪汉又说："两年前我做梦都想有房子，现在有了却高兴不起来，这套房子反而让我羞愧。因为它不是我自个儿用勤劳的双手挣来的，而是我的朋友以生命换来的！"

请你住店

有一个年轻人叫冬子，有一次外出途中遇上了倒霉事，钱包被偷了，身上只有几十元零钞。算了算，只有勒紧肚带，徒步走回家。至于晚上，只能是“蹲”别人的屋檐了。住店？那简直是做梦啰。

这天晚上，冬子来到了一个小镇，小镇的人大都进入梦乡，街上只有一盏昏黄的路灯照着，一阵阵阴冷的风雨，使冬子不得不裹紧了大衣。人一旦到了落魄时往往会尽想一些好事，冬子也是这样，他想到了上京赶考的穷书生在破庙中遇见了富家小姐，想到了夜宿荒郊的落难公子一梦醒来竟然睡在富丽堂皇的大宅院里……这不都是“聊斋”里的故事吗？

冬子一路走着，一路想着，抬头望去，见车站旁边有幢商厦，走去一看，那里已经有个人“蹲”在屋檐下，身子靠着墙，正睡得香呢。冬子走过去，没想到惊醒了他，冬子便冲他笑了笑，说：“朋友，做个伴好吗？”

冬子在他身边坐下来，想跟他挨近点，暖和一点，没想到那人连忙往旁边挪了挪，仿佛衣兜里有易碎物品。他问冬子：“看你穿得很体面的，怎么会……”

“唉，遭贼了。”冬子满不在乎地说，“不过就今儿一个晚上了，明天嘛，就能到家啦。”

那人仍存有戒心，默默地盯着冬子。冬子走了一天路，又累又困，闭上眼睛便睡，正当他就要睡着时，那人却碰了碰他，问了一句让人听不懂的话：“兄弟，你要住店吗？”

冬子含糊地回答说：“想！”从昨天钱包被偷之后，他一直在想，要能住店多好呀，泡个热水澡，然后在干干净净的床褥上舒舒服服地一躺……可是光想有用吗？

“那——我看你不是坏人，就让你住一晚上吧。”

冬子一听，霍地一下坐直身子，直瞪瞪地看着那人。路灯的光并不很亮，但还是看出他是个中年人，像农民工，脸上皱纹跟刀子刻的一样，很老实的样子，慈眉善目的。看神情，那人很正常，不像是在胡言乱语。冬子想笑：你自己还在蹲别人的屋檐，反而说要帮我住上店？不是脑子有病吧？冬子竭力忍住笑，装着认真的样子问：“你的店呢？”

他一拍衣兜，随后立即想到什么，赶忙小心地捂了捂衣兜，这时，他的衣兜里传出一个轻轻的声音：“张仁贵，你拍什么拍！弄疼你二叔我了！听我说，别再让陌生人住店了，上回的教训还不惨吗？”

这一下，冬子的脑袋彻底晕了，怎……怎么会从他衣兜里发出声音来？莫非眼前这个张仁贵是个鬼？这……这不成“聊斋”里的事了吗？冬子回头看了看四周，发现再无其他的人，风吹得树叶哗哗直响，雨飘到脸上让人生起寒意，他的心怦怦直跳。

“不用怕！”张仁贵说，然后他把一只手伸进衣兜，轻轻地掏出来，摊开让冬子看。冬子一看，呆若木鸡：在他的掌心里，横七竖八地躺着十来个小人，有男有女，跟花生差不多大，一个个睡得正香，还能听到一阵细微的呼噜声。随后，张仁贵又伸手到另一个衣兜，又掏出十来个小人，其中有一个坐在他的掌心里，对着他骂道：“张仁贵，你别学菩萨发慈悲了，别害了大家！上次你让一个小青年住店，他趁所有人熟睡的时候，偷了大家的钱跑了，你忘了？”

“二叔，我没忘……只是这个兄弟不像坏人，他有难处，所以……”张仁贵跟那个被称作“二叔”的小人商量，冬子看着眼前这一切，觉得真不可思议。

那个“二叔”想了想，便向冬子招了招手，“好吧，让他跟我睡一个衣兜，我睡觉时会很警醒的。”

冬子一听，慌忙说“不”，因为他还没有弄清这是怎么一回事。

张仁贵见冬子满腹狐疑，便小心地将小人们揣进衣兜，然后就为他讲述起来。他说，他们是外地来的民工，一起出来挣钱，但租房的费用太高，大家花着心痛，恰恰他们那里有个世外高人，同情他们，就传授了一种缩身术，让他们每天晚上一人值班，其他人都睡进值班人的衣兜。

虽然值班人很辛苦，白天要干活，夜晚又要负责大家的人身和财物安全，但毕竟人多，一个月才轮得上一两回。大家觉得这种办法很好，已经这样过了一年，省了不少钱。

冬子听完，这才消除了疑虑，心里也痒了起来，想试试住这种“衣兜旅馆”的滋味。

于是，张仁贵冲着冬子默念一声咒语。冬子还没听明白念的是什么，却发现他一下变小了，就像一颗花生那样大。张仁贵伸手在他面前摊开，让他走上去，然后手握着他，揣进兜里。冬子进了口袋后感到黑糊糊的，十分温暖，这下可好，不再受风吹雨打了。

就在这时，冬子突然碰到了一个人的身子，随即又传来一个声音：“决定住衣兜里啦?”这是二叔的声音，冬子“嗯”了一声，因为这里真的又柔软又温暖。

“睡吧，大家都不容易!”二叔用手在冬子肩膀上拍了拍，冬子很感动，觉得他们的心真好，接着，一阵睡意袭来，他很快进入梦乡，这一觉真是踏实。

突然，张仁贵的身子剧烈一震，住在衣兜里的人全吓醒了，凭感觉，冬子觉得好像是有人将张仁贵摁倒在地，还有人捂住衣兜的口不放，看样子，是打劫的!

衣兜外面有说话声，听声音，来的是两个人，其中一个小青年对张仁贵说：“我找得你好苦呀!”

张仁贵一边喘气，一边说：“是你?”小青年得意洋洋地说：“没错，就是我！那次你让我住你的衣兜旅馆，反被我偷走你们几千元钱。农夫和蛇的故事没学过吧？我就是那条蛇，现在又来了。嘿嘿!”

这时，二叔在衣兜里大声对小青年说：“原来你又想住店，欢迎欢迎！张仁贵，你还不念咒语，别让哥们在外边受冷呀!”

张仁贵好像真的念起来，冬子能从他身体的颤动上感受到他嘴在动，突然，衣兜不知被捂住了，而且“捂”的气力还不小，衣兜里的人都动弹不得，冬子的喉咙也被掐着，喘不过气来。

这时，只听小青年说：“老东西，你想叫他把我们变小，好抓起来送公安局是吗？我可不上你的当！我早就知道了，你们的咒语，只有谁想住店时念才会灵验。”

二叔又说："那你是准备抢钱啦？"

小青年没有隐瞒，说了声"是"，二叔听了，振振有词地说："可你知道，我们的钱都揣在各自身上，我们人才花生大，钱就只有芝麻大，必须等我们恢复正常人形后才能将钱给你呀！"

两个劫匪都不是傻瓜，他们清楚，一旦张仁贵把大家放到衣兜外，念动咒语，恢复人形，人多势众，对付两个毛贼就轻松多了。可不放他们出来，一直捂着衣兜，那也不是个事儿，他们要的是钱，衣兜捂着，钱从哪里来？

张仁贵见两个歹徒捂着口袋不放，便为难地问："那你们想要我怎么样？"

小青年跟同伙一时没了主意，上次他装作可怜，睡进了衣兜，然后趁人不备，悄悄掏空了大家的衣兜，爬到衣兜外边，等到第二天早晨，大家都出来了，张仁贵念了咒语，他的身子恢复正常了，然后他撒开腿就跑，偷窃才算成功，可现在他进退两难，既不能进衣兜搜钱，也不能让所有人出来再抢钱。

"那算了，我不要钱了！不过，你必须将缩身术教给我，因为我也想开这种衣兜旅馆。"小青年终于想好了，他说出了自己的要求。

张仁贵虽然有些笨，但也识破了小青年的用意，他说："我才不教你呢，你开的一定是黑店，那得有多少人遭殃！"

小青年和同伙听了这话很恼怒，拔出刀子，架到张仁贵的脖子上，威胁他，昏黄的路灯照着刀刃，闪着可怕的寒光……

就在这个时候，"咚咚咚咚"一阵声响，冬子他们十多个人全从张仁贵的衣兜里跳了出来，跳到了地面上，而且，他们全都很快恢复了原来的人形，人高马大，威风凛凛。小青年和同伙发了呆，顿时手足无措，大家一拥而上，围住两个歹徒，很快缴了刀子，用绳子将他们绑上。

张仁贵不解地问："你们怎么出来的？"二叔哈哈大笑："老话说，姜还是老的辣呀，是我悄悄通知他们，用随身带着的已经变小的刀子划破你的衣兜钻出来的。"

雨停了，天开始亮起来了，冬子他们将这两个歹徒扭送到了公安局。

事后，冬子向张仁贵、二叔和其他民工道别，感谢他们在他最困难的时候伸出援助之手。张仁贵说："兄弟，出门在外不容易啊，如果以后你还遇到这种时候，别客气，来找我。”他给冬子留下了手机号。

二叔从兜里拿出一百元钱，放到冬子的手上，真诚地说：“你还要走一天才到家，没钱可不行!”

冬子的眼泪涌了出来，这一晚上，这一群人，这一个热乎乎的衣兜，是他永生难忘的……

氢气球的战争

大年三十要红火，魏响独自一人在外打工，就买了两个大大的氢气球，想凑合着过年。

牵着两个氢气球，正往出租房走，猛听头上“砰”的一声响。抬头一看，他惊呆了。只见气球上现出两张人脸，像彼此有仇似的，都瞪眼向对方撞去，又是一声“砰”的巨响。魏响这一惊非同小可，忙松开手，想把这两个邪乎的气球扔掉，可细线就跟粘住一般，就是不离手。

他一揉眼，两张人脸消失了。可是，一个气球上又现出四个字来：家里有贼。

紧接着另一个气球上也现出四个字：那是朋友。

魏响半信半疑，赶忙带着氢气球回家。

门是锁好的，他松了口气，正当他开门进去，突然闪出一个高大的青年，用匕首架在他的脖子上，压低声音说：“朋友，别叫！老子没地方去了，只想在这儿借宿一晚，明天天不亮就走，你可得老实点，不然的话，当心丢了小命！”

魏响相信了第一个气球上的字。回头一看，歹徒正是电视上悬赏捉拿的杀人犯，他只好听从歹徒的话。歹徒让他把吃的都拿出来，然后两个人坐到桌边过年。过这样的年，魏响真是第一次！

歹徒显然比魏响更轻松些，他一边喝着啤酒，一边说：“别哭丧着脸，我又不会杀了你！老子顶多就把你捆起来，嘴巴堵上，扔到床里边过一晚，这样我才睡得放心。没什么大不了的！把电视打开，咱也看看春晚。”

电视机早坏了，一直没时间修，魏响不动身子，只牵着一个氢气球玩。歹徒骂了一句脏话。魏响手里的气球正是刚才现出“家里有贼”的那个，他认为它才能给自己带来好运，就对着气球说："我也想看春晚，你显显灵，让电视机变好吧。"

没想到，电视啪的一声自动打开，里面真的放起春晚来了，把两个人都惊得合不拢嘴。

另一个气球一直在房间里飘来飘去，歹徒赶忙抓住它，虽然学着魏响，却不怀好意地说："你显显灵，让那电视机炸掉算了。"

猛听"砰"的一声，电视炸了，从裂缝里直往外冒烟。

魏响心疼得不得了，因为电视虽然是房东的，可最终还得他赔。不过歹徒乐开了花，他又用房间里的东西做试验，结果像暖水瓶、水杯、油钵、箱子什么的，都随着他的话音一落就炸掉了。

"真是个宝贝，归我了!"歹徒说。

魏响不由得暗暗叫苦，遇上歹徒已经很倒霉了，偏偏歹徒手里又多了个这么有破坏力的邪乎气球。

正这么想着，突然感觉到手一紧，自己的气球变得"怒不可遏"，就像一个人气得肺都炸了那样，向歹徒头上的气球冲去。而歹徒的气球也不示弱，一脸狞笑迎了上来，它们很快撞到一起，发出巨响。

看来气球跟气球又干上了。

魏响和歹徒都生怕自己的宝贝受伤，赶忙坐得远远的。

魏响心想，必须尽快想出对付歹徒和他手里的气球的办法，否则这个年会被闹得鸡犬不宁。

正在此时，他的手机响了。歹徒警惕地抢去一看，上边显示的是"母亲来电"，他才松了一口气，把手机递给魏响。魏响就给远在千里外的父母拜年，说自己明年一定回家。正要挂机，突然想到什么，他一手抚摸着气球，一手拿着电话，郑重地说："气球，你显显灵吧，让我妈的腿立即好起来。"说了这番话，他就问母亲能不能从床上起来，起初母亲还骂他傻，哪知轻轻一站，真就起来了。要知道，魏响的母亲已经三年没站起来了。

挂了电话，魏响激动得直流泪。歹徒看在眼里，夺过他的手机，也给女朋友打了个电话，他的女朋友有只眼睛是瞎的，他希望气球显灵，让她好起来。可是，歹徒摸着手里的气球求了三遍，女朋友都说眼睛还是瞎的，歹徒突然生气了，骂道："妈的，别让那只眼睛好了，让另一只眼睛也瞎吧！”

这下，电话那头响起一声惊叫，他女朋友的两只眼睛都瞎了。

歹徒呆在原地。现在，两个人都清楚了一件事：这两个氢气球，一个只实现人的好愿望，一个则只实现人的坏愿望。魏响手里的正是带给人好运的，而歹徒那个则是后一种。

歹徒紧盯着魏响的气球，慢慢走了过来。

魏响慌了，要是气球都被歹徒得到，那歹徒的坏愿望与好愿望都能实现，这可不成！

“把气球给我！”歹徒拔出匕首，低声吼道。

情急之下，魏响把气球抱在怀里，大声叫道：“气球显显灵吧，让他的匕首化成软泥！”但是，这个愿望并没有实现，看来他的气球不把这个当成好愿望。要是手里抱的是对方的气球就不一样了。

歹徒哈哈大笑，伸手来抢气球。魏响不能再犹豫了，他紧抱着气球扑向匕首，这样，气球砰的一声爆裂，掉在地上，而魏响的肩头也被匕首划伤，好在只是轻伤。

“妈的，大家都得不到了！你难道不想靠它再实现几个愿望吗？”歹徒恨不得杀了魏响。

“当然想！但我只知道，我的愿望是小事，你的愿望却关系到很多人的性命，我决不让你的坏点子得逞！”魏响斩钉截铁地说，说时迟那时快，他一伸手又抓爆了歹徒手里的气球。

两个气球一瞬间消失。歹徒恼羞成怒，用绳子将魏响五花大绑，捆了个结结实实，又用毛巾把他的嘴堵得牢牢的，然后将他扔在地上，自己则放心地上床睡觉。

地上的魏响不能动弹，全身难受极了，想尽办法都没有用。

夜深人静，窗外透进来一点微光，照着魏响一筹莫展的脸，他呆呆看着杯盘狼藉的桌子和地上的两个破气球……

歹徒正睡得香，突然听到桌子挪动的声音，他一骨碌爬起来，把灯摁亮。魏响背对着他躺在地上，绳子仍然捆得紧紧的，歹徒松了口气，猜想可能是魏响挣扎时，头不小心碰到了桌腿。于是歹徒笑骂一句，关了灯继续睡觉。

可是不久，地上又传来“呼呼”的声音，接着听见魏响叫了一声：

“松绑!”随即有个东西“扑”地冲到歹徒脸上，他又摁亮灯，拿起来一看，竟是那个能实现好愿望的破气球。

这时魏响站了起来，绳子竟然真的松开，掉在地上。歹徒傻了，原来破了的气球也管用，他气急败坏地问：“你是怎么把毛巾弄出来的?”

“你把我的嘴堵得真严实！好在我也找到了办法。你看这桌腿上有颗小钉子，木匠没把它完全敲进去，还露了一粒米长在外，我就是靠它把毛巾慢慢钩出来的。起先我小声试了试，气球没气就没魔力。不过呢，尽管你捆人的手法很高超，但我吹气球的功夫也还了得，不用手，就用牙齿咬着，也能把气球吹大。我经常吃泡泡糖，没想到派上用场了。”魏响开心地说。

这让歹徒始料未及，他恶狠狠地说：“别得意得太早！从体格上看，你不是我的对手，再说我有匕首，你什么也没有！我现在就杀了你!”

“不，我有这个!”魏响手里已经握着另一个破气球，正是那只实现坏愿望的，他衔住破孔用力一吹，气球立即变大。歹徒慌了，握着匕首刺向魏响。魏响喊了声：“变软!”匕首就变成软泥的了。然后他又叫道：“警察快来，抓走这个杀人犯!”

这时，门外响起了脚步声。几个警察真的出现，歹徒稀里糊涂就被抓走了。

魏响也稀里糊涂的，等警察要上车时，他实在憋不住了，就问道：“我一喊你们马上就到，怎么来得这样快呢?”警察回答说：“我们只是遵照上级命令，春节期间加强巡逻，今晚警车刚开到这里，就听你在屋里叫‘抓杀人犯’，我们还以为是玩笑话，进来才知是真的呢。同志，你立功了，等着领那笔报警费吧。”

魏响觉得真不可思议。

等天亮后，是大年初一了，魏响将两个气球放在桌上，细细端详。阳光金灿灿照着瘪瘪的气球。就在这时，两个气球上都现出字来，一个写着“吉人自有天相”，另一个写着“好人一生平安”。不久字样消失，气球再没有那种神奇的力量。魏响现在想来，只觉得那天发生的事情，不过是一场奇怪的梦而已。

羽毛的交易

鸟儿在一株大榕树上栖息下来。它太累了，翅膀疼痛。榕树很高，它可以透过密密的叶子看到整个城市的灯火，大概这里是市中心吧。万家灯火无边无际，这使鸟儿顿生陌生之感和漂泊之心。要知道，它可是飞了几天，才从深山来到这里的呀。

突然起了一阵骚动。鸟儿这才注意到榕树上并非无人区，而是栖息了很多各种各样的鸟。一只大鸟从树梢降临它的身边，怪声怪气地说："住店吗?"

"什么?"鸟儿吃惊地反问。

"住店就得交费!"大鸟扑腾几下翅膀。看样子，它许久没飞离这株榕树了，连翅膀都长满脂肪。

"交费?"鸟儿像听天方夜谭一般，又反问了一句。

"当然要交费！这棵树是我的店面，而且是本城最豪华的一家店面，看看多高多茂密，绝没有风吹雨淋的忧虑。所以，交费吧，不然就走人!"大鸟财大气粗又很不耐烦地说。

"可我没钱。"鸟儿显然很伤感，要它再去找地方过夜，实在太累了。

"我不要钱，那是人类的事，我要……你身上的羽毛。一夜五根大翎!"看得出大鸟是个很精明的商人。

这样，鸟儿只好任由大鸟用铁嘴在翅膀上啄，硬生生拔下五根翎毛。痛得它眼泪直流。然后，大鸟回到树梢去了。

第二天，鸟儿在整个城市上空飞来飞去。但是，它失望至极，因为城市里竟然没有一棵树是空着的。城市里既住满人，又住满鸟，在人的房价高涨之时，鸟的"巢价"同样不低，在人用钱做着交易之时，鸟也在用羽毛做着交易，主要是关于食物和巢，其他当然也有，比如一夜情。

黄昏时分，鸟儿面临着三个选择：一、买一条终生拥有的大树枝，在上边安一个终生拥有的巢，但这将使它身无一毛；二、租一个巢，预付一大把羽毛，半年后再付，但这也将使它损失惨重；三、继续住店，可五根大翎的价格也太黑了。

鸟儿不愿一下子失去太多，所以又忍痛对付了一夜。

这一夜，鸟儿想了很多，它恨自己羽毛太少，恨自己没有本事去赚取别人的羽毛。后来它也想到抢劫，天啦，抢劫羽毛！那还得了！不知要判几年徒刑？鸟儿心地善良，它不过是想一想而已，并非真要去干那种人人唾弃的事情。

第三天，第四天……鸟儿更加急切地在城市里寻找它的巢，可都没有如愿。有些鸟儿充当中介，可它们都想大赚一笔，不会轻易降低巢的价格，连一些小树也被炒成天价。可在这些小树上安个巢，危险不言而喻：小孩子一伸手就能将巢扯下来，扔到下水道里去。

很快，天气变得十分恶劣，城市上空开始降雪。雪花纷纷扬扬地撒下来，楼房和路面渐渐变成白色。鸟儿呆呆地伏在租来的巢里，心情沮丧。突然，几个黑影一闪而至，随即一阵刺耳的大笑响起：“哈哈，这儿有只呆鸟！瞧它身上还有些羽毛，伙计们，上吧，抢吧！够我们用几天的了！”

鸟儿还没回过神来，黑影们又飞得无影无踪了，只剩下它全身疼得厉害。是的，它曾经想到过抢劫，可现在它先被抢劫一空。

鸟儿的模样惨不忍睹：大翎几乎一根不剩，翅膀整整瘦了一大圈，全身上下只有绒毛，好多地方的肉裸露在外。必须说明，这对鸟儿来说，无异于灭顶之灾。它开始飞行艰难，同时感到寒冷刺骨。

住大榕树已经想也不敢想了。它只能住一些小店，也就是那种枝细叶少的树上，这些树上的老板收费低廉。但是，一夜过后，鸟儿身上总会覆盖着厚厚的一层冰雪。

终于鸟儿知道自己不行了。这个城市太冷，是它的伤心之地。它原本在深山中生活得好好的，可冒失地来到城市，就这样在短短的时间里挥霍掉那样多的羽毛。

在鸟儿两眼迷离之际，上帝来到身边。鸟儿问：“下辈子我能变成羽毛很多的富鸟吗？”

上帝摇了摇头。

“那你准备让我变成什么呢?”鸟儿又问。

“变成人吧，孩子!”上帝说了就不见了。鸟儿的心剧烈一痛，失去知觉。

……

张三呼地从床上坐起来。一定神，原来是个噩梦。他抹去额头上的汗，起身去打开窗帘。城市的夜空黑糊糊的，深邃无比，下边则已灯火阑珊。

明天该交半年房租了，他还不知道该怎么办呢。

这一急，又听妻子在身后呀地吓醒了，大叫：“张三，我做了个梦，梦见自己是只鸟儿，在城市上空四处寻找自己的巢，后来……”

看见了你的笑脸

有一家盲人按摩店，这天，生意清淡，店里有两个按摩师，闲着无聊，正“听”电视打发时间。男按摩师叫阿勇，二十五岁；女按摩师叫阿丽，二十二岁。两个人都不是全盲，还有一丁点视力，不过只能看到眼前十几厘米远的东西。

这时，阿勇听见店里进来了一个客人，是个女的，她说自己想做个头部按摩。阿勇热情地请她躺到床上去，很尽心地为她按摩着。

女客人对阿勇的服务很满意，她问阿勇：“你是哪里人?”

阿勇说他家就住在本地乡下，女客人笑着又问：“我看你长得很帅的，谈女朋友了吗?”阿勇朝阿丽坐的方向扭了一下头，虽然他看不到阿丽，但这一举动正说明他心上有人了，只是还没有表白而已。他答道：“没有呢，谁会喜欢我这样的盲人?”显然这话是说给阿丽听的。

女客人马上说：“要是我现在没结婚的话，我喜欢你!”

阿勇一听不好意思地笑了，连说“谢谢”。女客人又问他家里有哪些人，父母身体如何，诸如此类，阿勇有问必答，他觉得这个女客人很随和，就乐于跟她交流。店堂里只有他们两人在说话，阿丽这会儿静静地听着，没有插一句话。

时间过得很快，按摩完后，女客人拿出二十元钱交给阿勇，然后说了声“拜拜”，走出店去。

这时，阿丽走到他身边，戏谑地说道：“人家喜欢你呢！可惜她说的是‘要是我现在没结婚的话’，也就是说，她已经结婚了，你没戏了，哈哈!”阿勇说，天下女子又不是只她一个，多着呢，然后话里有话地说：“比如现在我面前就有一个。”

阿丽笑了，骂他想得美。

两个人在店里又开始听电视，然后有一句没一句地闲聊。过了一会儿，阿勇说肚子有些痛，想出去上趟厕所。其实阿勇是在撒谎，他走出店后，在门外停了半分钟，然后转身走进店来，压着嗓门，像是换了个人似的，对着店里说："你好，小妹，我想做个全身按摩行不行？"

阿丽没有听出是阿勇，她马上说行，阿勇强忍着笑，脱了鞋，爬上按摩床。

阿丽开始为阿勇按摩，她指法极好，阿勇的心咚咚直跳，他感受着阿丽手指间透着的温柔，全身舒服极了。是啊，他爱上阿丽了，平时他们同在一店，但彼此不知道对方的长相，他太想看看阿丽的面庞了，今天突发灵感，决定让阿丽为他按摩，然后再借机看看她的模样。

阿丽一边按摩一边问："先生，你感觉怎样？"

"很好！"阿勇忍着咚咚的心跳，照旧压着嗓子眼问阿丽："你有男朋友了吗？"

阿丽说："有啊！"阿勇的心好像一瞬间停止了跳动，他难过地躺着，一动不动。过了很长时间，阿勇还是不甘心，又问："你男朋友怎么样？"

阿丽说，她的男朋友很能干，平时什么活都抢着做，不让她受累。阿勇听了，心想，我这么长时间来在她面前白献殷勤了，真是竹篮打水一场空！他正这么想着，突然，阿丽"扑哧"笑出声来，她说："我骗你呢！我才没男朋友呢，我说的不过是我找男朋友的标准而已！"这下，阿勇就像一个快窒息的人猛然吸到一口氧气似的，一下子来了精神，而更让他高兴的是，就在阿丽按摩肩部、离他最近的时候，他终于用那点极为有限的视力，偷偷地看到了阿丽的模样，哇，她很美很美！

阿勇正神魂颠倒着，却听见阿丽说了声"先生，好啦"，阿勇这才恋恋不舍地从按摩床上下来，又掏出自己今天仅有的五十元钱交给阿丽，不过，他觉得这钱花得真值。

阿勇匆匆走出了店，半分钟后又走了进来，恢复了平常的声音，同阿丽打招呼，他说："哎哟，拉肚子了，稀里哗啦的，脚都蹲麻了。"幸亏阿丽也没多在意，让他成功地扮演了顾客的角色。

第二天，老板娘来到店里，她问阿勇和阿丽："昨天晚上来了几个顾客？"

阿丽说："就两个，一个做头部按摩，一个做全身按摩。"她说着，两人都把钱交给了老板娘。

“看来生意有些清淡……你们两个也不小了，何不利用这几天想想个人的事情呢?”老板娘突然这么说，两人都有点猝不及防。老板娘接着说：“我知道你们都没谈恋爱，不过既然进了我的店，就是缘分，不知你们彼此中不中意?”

阿勇和阿丽的脸立即红了，都低头不语，老板娘看看这个，望望那个，会心地笑了起来：“就这么定了!”

从此，阿勇和阿丽成了情侣，还真别说，他们的感情发展得很快，半年后就领了证，结婚了。

婚礼上，老板娘给来宾们透露了新郎、新娘的一个秘密，她说，有一天晚上，她到按摩店来，本想看看生意怎么样，却看到了意外的一幕：一个女按摩师正在给另一个男按摩师按摩。这话说起来别扭，发生在生活中，却真的很好玩，于是，她就静静地站在店外看了很久，然后生起了撮合他们的念头。

来宾们听了哈哈大笑，阿丽“哼”了一声，阿勇很难为情，他老实交代说：“阿丽，那天晚上的确是我假冒顾客让你按摩的，别生气，我真的很喜欢你。”

谁知阿丽说：“我早看出来了，虽然你压着嗓子眼跟我说话，但我们接触了那么久，天天都在一起，骗谁呀！其实，我在按摩的时候，还在你背上用手一遍一遍写一个字——‘爱’，你没感觉出来?”

阿勇惊得张大了嘴巴，久久说不出一句话来，而接下来阿丽说的一句话更让他噤若寒蝉了，阿丽得意地说：“你没想到吧？在你冒充顾客之前，不是来了一个女顾客吗？你知道那是谁?”

这一下，阿勇可傻了……

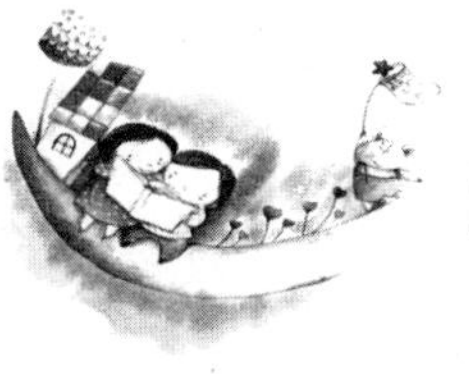

最佳职业

刘强出生那天，负责基因提取的医师说：“太奇怪了，他没有奋斗基因链，是个残疾人!”

电脑时代就是方便，人一生下来，今后干什么都清楚了。有些厂家目光长远一些，选职工竟然到产房里来，对着许多婴儿的基因数据挑挑拣拣。

刘强一晃就到三十岁了，生得四肢发达。他成天做梦，希望自己能一夜暴富，但是他干哪行就丢哪行，一事无成。父母一次又一次送刘强去各个招聘点，但他得到一个职业，不出三天就走人不干。经理们大摇其头，说此人干不了这一行，请另谋高就。

很快家里变得一贫如洗，但是刘强不管那些，能吃能睡，呼噜打得整天价响。父母为他真是愁白了头发。

一天，另一个城市的某个大公司派人前来，直接找到刘强。

来人问：“刘强，你是三百六十行干尽，全失败了对吧?”

刘强说：“是呀，真想一下子富起来。”

来人说：“好啊，还有一行你没干过，想干吗?”

“很来钱吗?”刘强迫切地问。

“是的。”

“什么职业?”

“明天到公司里就知道了。”来人卖了一个关子。

第二天，刘强进了公司。只见成百上千的职工忙碌着，真是马不停蹄。细细一看，却发现每个员工都很疲倦，不断地打着哈欠。

接待刘强的还是昨天那人，他对刘强说：“看看吧，这是个享誉世界的公司，招聘的职工全是奋斗基因十分发达的。他们一干起活来就废寝忘食，他们视休息为天敌，视睡觉为死亡。他们奋不顾身地上班，一到睡觉休息就愁眉苦脸。但总得有人替他们睡觉呀！”

“什么？让我去替所有员工睡觉？还有这种好事？”刘强惊得呆了。

那人点点头，意味深长地说：“而且报酬优厚。”

“优厚到什么程度？”

“一个小时一百元，一天就挣两千四百元。”

“可我怎么能够一个人睡成百上千个人的觉？”

“这你不用管的，我们通过电脑控制。”

“就这么定了！”刘强一拍大腿。

刘强终于如愿以偿，他立即投入“工作”。那里有一张软乎乎的床，放在其他员工的中间。刘强上去就睡，呼噜声千回百转。说也怪，只见操作人员一摁电钮，他就莫名其妙有那么多瞌睡。而其他员工在工作中偶尔回头看看他，都会心满意足，精神百倍，就像自己刚刚睡过一样。

刘强三百六十行干尽，吃不得苦，现在的工作却正合心意，所以干得十分忘我。他睡得很香，也睡得很死，他在梦里欢天喜地。这是他的新工作，他能干好！

一生中，他几乎没有醒过一次，也就是说从未“旷工”。合同规定，他的工资全由父母领取。

梦里的日子过得真快，一晃，第一个月结束了，刘强似乎感觉到经理对他小声说了句话：“你这个月挣了七万二千元呢，好好干！”刘强很高兴，他的脸上现出微笑，很快他又什么也不知道了。

一晃又过了两年，刘强耳边又响起母亲的声音：“强儿，你真能干，这两年挣了好多钱！我们都给你存着呢。今天呀，我给你带来个如花似玉的老婆，你看，什么时候成亲呀？”刘强高兴呀，他在梦里立即看到一个美丽无比的女子。女子向他渐渐走近，不过永远是一团朦朦胧胧的影子，无论怎样也看不清楚。他扑上去想搂抱她，口里大叫：“老婆！”可他抱住的不过是一团雾气。

这时候他不知该醒来，还是继续留在梦里。他现在已经颠倒了，把梦当成现实，把现实当成梦。他不知道哪个更美，也许就留在梦里更好些，醒来了只会有无尽的烦恼。

这时候，美女站在他的床边，正焦急地摇着他的身子，想把他叫醒。

但是经理马上过来制止住了，他对刘强的母亲和老婆说：“对不起，他不能醒。醒了就违反了合同，要付一百倍的罚款。”

一百倍，天啦！

刘强在梦境里看着一团美丽的影子越飘越远。

此后二十年里，刘强几乎不再做什么梦了。人活着，第一要生儿育女，第二要干一番事业。生儿育女对他刘强来说，已经错过了机缘，至于干一番事业呢，他不就正在干吗？睡觉就是他惊天动地的大事！因此他再也没什么其他事情可做了。

由于一直睡在床上，他的肌肉和骨骼全部变得疏松无比，即使醒来，也没有力气坐起来，更别说走路回家。

突然有一天，他觉得心跳得异常慌乱。他感到大事不妙，好像他的床边再没有父母的温暖了。虽然他在梦里，但以前父母到来时，都有一些感觉。他一下子心惊肉跳起来，特别想念父母，他预感到他们已不在人世了，但他必须见他们一次才行。

“爸，妈，你们……”

他在梦里发狂地喊叫。

于是他试着要醒过来，可这哪行呢，他的整个神经系统完全由电脑控制着。他在梦里慌了神，更加强烈地希望醒来，他禁不住号啕大哭起来，并且在黑糊糊的梦境里左冲右突。

但是，已变得头发花白的经理此时看到他在床上四处乱动，赶忙跑过来，将一个按钮重重地按下去，这个按钮是专门控制沉睡的。

经理说：“再过两天我就要退休了，可别给我惹事！这小子真能睡，不过这有什么意思？前段时间他父母死的时候，那才叫凄凉呢。”

狐　裘

那天，他们在一个景致很美又很幽静的地方坐下来。尽管两人都虚弱至极，由于感到奇寒，身子不停发抖，但他们快乐无比。

“你爱我吗?”胡瑶含情脉脉地问书生。

“怎么不爱？我发现自己爱死你了！”书生热情洋溢地回答。

“那你能吻我吗?”胡瑶又小心地问。她感到自己脸上热辣辣的，呼吸急促，赶忙闭上眼睛，等着那美妙的一刻到来。

半天没有动静。

胡瑶睁开眼，看见书生在低头流泪。

“我不能吻你！因为这几天我的病明显加剧，好像末日就要到了。我很清楚，我就是个等死的人，怎么能贪求你的爱情，带走你的初吻，却丢下你在这个世界上而不管呢？这不是不负责任吗!”书生说。

胡瑶心里一紧，她暗暗骂道：该死的算命先生！该死的药方！

看来她必须赶在书生死前得到宝贵的亲吻。

她之所以亲近书生，是因为知道他是个快死之人。既然他已快死，何不用他来救她一命呢？她也快死了，不过算命先生说过，必须找到一个爱她之人，必须得到那人十天的亲吻，她才有救，而且那人不爱她不行，亲吻少一天也不行。

至于为什么开这个药方，算命先生说，是因为爱她的人的唾液胜似灵丹妙药，不爱她的人的唾液则胜似烈性毒药。

胡瑶不想害人，她只是觉得，书生早晚是死，他有利用价值。于是一个月来，她天天陪伴在书生身边，使尽浑身解数让书生爱上自己，她办到了，书生爱到疯狂。可是眼见书生越来越虚弱，她开始索吻，书生却因爱而拒绝了。

“我不在乎，即使我们相处还剩十天，我也要爱你，还要你爱我。你一定得吻我!”她近乎乞求地看着书生。“十天”，她不经意说出药方里的数字。

书生于是闭上眼，伸出下巴吻胡瑶，他的动作很机械，身子离得远远的，还抖过不停，也不知因为有病还是因为激动。胡瑶终于得到书生的亲吻，一下子感到体内血液奔流，好像元气恢复不少。她心里美极了！

以后的几天，书生的病情急剧恶化。而胡瑶正为自己得到亲吻而高兴。就在第九天上，书生倒床不起，意识迷糊起来。看来，书生活不到第十天了，胡瑶将功败垂成，她绝望了。

胡瑶看着床上抖个不停的书生，忽然，她哭了。

她问书生：“快说，那天你也去求过算命先生，他说你必须得到什么才能救命?”

书生清醒了些，说：“这世上大概没有那样东西，太难求了！你就不要问了。”

胡瑶流着泪继续问，但是书生又昏迷过去。

胡瑶冲出门，去了很久。很久之后她回来了，但眼神是呆呆的。她在书生病床前坐下，一坐就是半夜。

第二天，书生醒了。他先躺着没动，心想自己一定已在阴曹地府，因为自己有生以来第一次这么温暖地睡在床上，身子连一丝也不哆嗦。终于解脱了！他笑起来。不过他再不能与胡瑶相爱，真是遗憾！他用力捶打头部。咦？很痛！难道自己没死?

书生跳起来，一件雪白的狐皮大衣从身上滑落。他捡起大衣，猛然想起，算命先生说过，只有找到雪狐的皮做成大衣，才可抵御身上的奇寒，这狐皮大衣是怎么来的?

他赶忙在房间里四处搜寻。

一只已死的狐狸映入眼帘。那狐狸完全褪掉皮毛，只剩一身赤色的肉。而正因为此，那狐狸显得玉洁冰清。

桌上放着一封短笺，上写：“知道吗？我是狐。起初我只想利用你，所以急不可耐要与你亲吻。原谅我那不纯洁的动机！可看着你行将死去，我才发现自己深爱上你了。我不再想那第十天的亲吻，而是一心想着你不能死。我去问先生，他说要你活命，非要雪狐的皮毛不可。雪狐的确难找，我是百里之内唯一的一只。当我一边看着心爱的你，一边脱下自己的皮毛时，我疼痛难忍，但又极度快乐。你好幸运，因为有只雪狐爱你。我好幸运，因为我恰恰是那只能奉献爱的雪狐。我要笑着死去……”

书生大哭，痛不欲生。

其实，世间很多事情，差之毫厘，失之千里。雪狐胡瑶有所不知：她完全不用自己死去，只需每天紧紧搂着书生，就可为他驱寒，免于一死。

拥抱着他，不就等于为他穿上珍贵的狐裘吗?

竹筒箭

儿时，男孩子能有一条狗就会高兴得不得了。因为我们这里没有马，而男孩们实在太羡慕电影里的英雄了，英雄骑在马上冲呀杀呀，实在太棒了。没有马，我们有办法，把一条大狗骑在身下，也算过一过瘾。可是没有竹筒箭，那就没什么可洋的了。

我只有狗，没有竹筒箭，所以我洋不过来。

村子里的伙伴骑着快马，端着竹筒箭向我走来。他们瞄准我身后的土墙就射，有些箭插在墙上，有些掉在地上。我蔫蔫地垂下头，不去看。

说到这里，得介绍一下竹筒箭了。其实就是一根竹子，里边装一条弹力很强的皮筋，再削一截竹篾片，头上绑一颗铁钉。这东西是我们的玩具，不过有一些危险性。

妈妈不让我有竹筒箭，爸爸更不用说。“斯文的孩子怎么能玩那种游戏呢?”妈妈总是不让我跟其他孩子玩。

我不愿做斯文的孩子，我觉得野孩子们什么也能干，真好！我只好天天看他们瞄准，看他们射击，看他们比赛箭法。我很孤单，离他们有十多米远。

“艾儿，过来。”奶奶什么时候来的我不知道，我听见她叫，就慢慢走过去。

“走，奶奶给你做竹筒箭。”奶奶说。

我立即跳了起来。

奶奶老了，走路不快，是我拉着她到竹林里的。奶奶也不是篾匠，爷爷是，但是爷爷离开我们好多年了。奶奶不小心把手弄破了，流了很多血。不过，我终于有了自己的竹筒箭。我兴奋得不得了，赶忙将绑有铁钉的箭往竹筒里插。皮筋的弹力确实很强，我人小，使劲往里推，险些就扣进去了，可还是差了点力气。奶奶笑了，说："艾儿想当英雄，得先练出力气才行。"

"我有力气！"我更加用力地往里推箭。

箭上的钩扣住了竹筒，可是并不牢。突然，在我没有用指头去摁的情况下，箭啪地射出竹筒。奶奶叫了一声。我抬起头，发现她的手捂着左边脸，手指缝里流出殷红的血。而我的箭呢，则插在奶奶的太阳穴上。

奶奶身子摇了摇，昏倒在地。

奶奶在地上呻吟。

我大哭起来。是村里的一个叔叔将奶奶送进医院的。我不敢跟着去，因为爸爸一定也会去医院，我怕爸爸的拳头。我躲得远远的，在河滩地里转悠，走一会儿坐一会儿，哭一会儿呆一会儿。鹭鸶在暮色里飞翔，有的离我很近，我想，我的竹筒箭一定能射中它，说不定我会因此捉到好几只呢。但是，我哪有心情！我把竹筒箭扔进了洄旋的河湾里。

我还是被一个婶婶领回家。快到家门时，我看见爸爸像疯牛一样扑向我，我吓破了胆，忙躲到婶婶身后。要不是婶婶拼命护着，我不知会被揍成啥样。

"不许打艾儿！"

奶奶的身影出现在门口。她扶着墙，头上缠着绷带，虚弱得连门槛也跨不出，但还是从床上起来了。她说："艾儿身子弱，就该让他多玩些小孩子家家的游戏，我看你们都把他培养成小老头了！"

爸爸说："可他玩竹筒箭！"

"孩子不玩这些玩啥呀？谁家的孩子不是这样？"奶奶说。

妈妈想起什么来，问我："竹筒箭是从哪儿来的？"

"我做的！"奶奶回答得十分干脆。

"妈，你看看，你还给他做这种玩具！这不就伤着你了吗？"爸爸责怪地冲奶奶说。

"这算啥！艾儿正因为没玩过才笨手笨脚的，如果你们早让他玩，就不会这样了。"奶奶竟然这么说，让爸爸和妈妈吃惊不小。

奶奶的身子还是越来越差了。爸爸时常痛苦地瞪我一眼。那眼神告诉我，奶奶是我害的！我十分难过，觉得自己是天下最大的罪人。我怎么能把亲爱的奶奶给打伤了呢？从此，我连看一眼竹筒箭都过敏。而且，凡是带点刺激性的游戏都不敢玩，我的教训太深了！

我经常独自呆呆地看着一个地方发神。

“我可怜的艾儿!”奶奶痛惜地抚着我的头，眼里含着泪水，没牙的嘴里含混不清地吐出这些话。

那天我回来时，听说奶奶不行了。

奶奶是倒在竹林里的，就在我用第一支竹筒箭射中她的地方。

奶奶手里紧握着一个刚做好的竹筒箭。

爸爸想夺过来，想把它砸掉，但是奶奶命令他：“给艾儿，一定要给艾儿！别让他的心里留下阴影，从此什么都怕。让他知道，只要小心点，竹筒箭会很好玩的……”

贵客来访

有一个老人，独自住在一个寂静的小山村里。这天，老人正坐在院子里晒着太阳，喝着热茶，一辆摩托车在院外停了下来。骑车人是个二十多岁的小伙子，老人很诧异，慢慢站起身来，注视着他走进院门。

“你好，大爷，太阳不错，暖暖的！”小伙子搭讪着，虽然他的外表有点凶巴巴的，但说出话来，语气却很温和。老人点点头，仍看着他。小伙子给老人递上一支烟，老人接了，两人开始抽起烟来。

老人试探着问：“你是……”

“我认识你儿子，跟他是朋友。”小伙子很随便，自己进屋拿了把椅子出来，坐在老人身边。听他这么一说，老人放心不少，呵呵笑着，说：“原来是小洪的朋友呀，那就是贵客了，欢迎欢迎！”然后，他又细问小伙子跟儿子小洪是什么关系，有什么事。

小伙子支吾起来，说已经好多年没见小洪了，只知道他住这里，今天路过，顺便来看看。老人说小洪正在外地念书，每年只回家两趟，小伙子听了，就为见不着朋友表示惋惜。说话间，小伙子不时盯着老人看，问老人高寿，听说是七十岁，就恭维起来：“哎呀，神仙呀，身体这么硬朗，起码要活一百二十岁，好好享福吧！”看来这小伙子很会说话，很快两人就无所不谈了，老人甚至拿出杯子，给小伙子也泡了一杯茶。

老人似乎想起了什么，问道：“你刚才说路过这里，你有事？”

“是这样的，我要到山那边的村子里吃喜酒，要送红包，却忘了买红纸袋，好像这里没什么店铺能买，可送礼总得沾点红。我想起小洪就住在这里，就来讨一张红纸，大爷，你有吗？我用红纸把钱包上，凑合着送去也成。”小伙子边喝茶边说，仿佛他和老人是天天见面的老邻居。

老人沉吟起来：“山那边……喜酒……这么说，李多福的儿子结婚了？早听说就在这些天里头。”

小伙子连连点头。老人笑了，说：“就这点事呀，有的有的！乡下人，就爱在家备点红纸。”说完，他走进里屋，打开柜子，从一大堆衣物里翻找起来，小伙子也跟着走进屋来。

老人继续找红纸，小伙子就站在他的身后，嘴里同他聊着，手却悄悄伸进裤兜里，慢慢摸着什么东西。这时，老人突然转过身来，看着小伙子，吃惊地问：“你摸什么？”小伙子干笑着，说摸手机看看时间。

老人说：“不用看，十点半，我猜得准着哩，不急，误不了吃喜酒的时间。”说着，他将从柜子里找出来的红纸递给了小伙子，小伙子只裁了巴掌大一块，然后从身上掏钱，突然一跺脚，叫道：“糟糕，我只有零钱，连一张一百元的都没有，这可怎么办？”

老人摇摇头，像数落自己的儿子一样对他说：“你呀，太粗心了，小洪就细心多啦，今天幸好遇到我，我给你换换吧！”说着，老人从箱底翻出一个塑料包，当着小伙子的面打开，里边全是百元钞票，不下一万。

小伙子惊讶地说：“老人家，你钱真多，怎么不存银行呢？”老人有点沾沾自喜，说，银行里还存着呢，这些钱是为小洪准备的。他拿出两张来，小伙子也数了二百元的零钱，交换了。老人转身把零钱放进塑料包，理平整，再捆好，他的动作很慢很细致。

这时，小伙子又向他靠近了些，手慢慢移向腰间，突然，门外响起了刺耳的声音，小伙子叫道：“糟了，怕是有人想偷我的车……”说着，他抬腿向外跑，哪知道跑得急了，一头撞在床栏上，身子晃了晃，差点跌倒。老人见此情景，连柜子也顾不上关，急忙向外跑去，去看摩托车，可到外面一看，院子里一个人也没有，摩托车好好地停在原地。老人不解，嘀咕道：“好好的，怎么叫起来了呢？”

这时，小伙子也出来了，见车安然无恙，像是松了一口气，说：“车没丢就好，大爷，红纸有了，钱也换了，我得先去送礼才好，改天再来看望你老人家吧！”老人便笑着将他送出老远，然后又回来喝茶。

喝着茶，晒着太阳，老人又想到小洪，老人没结过婚，小洪是他五十岁那年捡的，爷儿俩相依为命，却比亲人还亲。小洪很聪明，考上了重点大学，再过几个月就该毕业了。

人老了就爱忘事，老人喝了好一会儿茶，这才想起屋里的柜子还没关呢，他走进屋去，摁亮灯，一看却傻了：那个装钱的塑料包不见了。他忽然想起，刚才刺耳的车叫声，一定是小伙子故意弄出来的，当时的一切都是精心设计的。

好一会儿，老人慢慢走出屋，坐在椅子上，拿出手机，给远方的小洪拨了一个电话。这手机是小洪专门为他买的，说是爸岁数大了，儿子好随时问候老人。

老人还在拨着号的时候，小洪却先打过来了，他急切地问："爸，刚才没吓着您吧。"

原来，小洪在大学里成绩优异，最近获得一个出国名额，但他想到父亲一天天老了，便想回到家乡工作，好照顾父亲。到底是出国深造还是回家乡？正在犹豫，偏巧他上网看到家乡接连出了几起诈骗案，都是针对老弱病残的，就赶紧联系了家乡一个初中同学，让他过去看看。

小洪的那个同学是个机灵鬼，而且看多了香港"古惑仔"系列电影，他到了老人的家，即兴编排了一场假戏，想看看小洪的父亲会不会对陌生人有所防范。他心想，如果小洪的父亲很警觉，那小洪就可以放心出国留学，等几年再回到父亲身边。结果老人毫无戒心，不仅随便让外人进屋，还在他面前露了钱财。当然，那同学没把装钱的塑料包拿走，只是开了个玩笑，把包放在了老人的床上，自己还掏了二百元钱，算是初次见面孝敬老人的，把钱和小洪写的信放在一起，而这一切，他都是在老人听到车的叫声跑出去后完成的。那同学在离开老人的屋子后，马上打电话向小洪如实讲了整个过程。

小洪对老人说："爸，尽管你不是我的亲爹，但没有你就没有我。俗话说，父母在，不远游，离开你这几年，我心里已经很担心了，如果出国了，以后的日子，一天天，一夜夜，我都无法安心的。所以，我今年一毕业就回家乡工作，守在你的身边。"

哪知老人突然笑道："想骗我，那毛头小子还嫩了点。"

小洪不相信，以为老人故意宽他的心，好坚定他出国深造的念头。老人说："我早就断定来人是你的同学了，因为我注意到他有个手指头断了一截，你还在念初中时，就说起过这位同学。我老了，记性差了，但你说的每一件事儿我都记得牢牢的。"老人还说，那同学说去山里吃喜酒，老人就故意问是不是李多福儿子结婚，结果那同学露了马脚，因为李多福儿子是昨天结婚的。当时老人就想，一定是那同学要的花招。

尽管相隔万里，但老人还是听出小洪高兴得跳起来了。

老人接着说："爸活七十岁了，什么骗局没见过？其实，我故意引你的同学进屋，也有一个心眼儿，是想试探你交的朋友会不会见财起意，为防万一，我把他的车牌号记下了。好在这孩子真不错！小洪，爸也怕你受骗呀！现在我彻底放心啦，你也放心去飞吧，你越飞得高，飞得远，爸越为你感到开心……"

电话那头，小洪已是泪湿了衣襟……

一支钢笔

我的眼睛定定地看着梳妆台上面，那里有好些粉盒，有一面大镜子，还有些针线什物。但我对它们视而不见，我看的是一支钢笔。

对，一支钢笔！一支小巧的青绿色钢笔，很新，浓浓地散发着墨香。二十年前，那东西对任何人都是巨大的诱惑。那时候的流行语是：衣兜插一支钢笔是初中生，插两支是高中生，插三支就是大学生了。

钢笔，是一种标志！

天啦！我还是一个流鼻涕的小学生，读三年级。我定定地看着那支钢笔，想象它捏在手里感觉有多美妙，它在纸上轻轻划动有多奇妙，那沙沙的声音有多悦耳。

二娘并没有在房里，外面传来她轻轻哼唱的歌谣。弟弟也出去玩了。我的手慢慢伸向它，现在我还在想：孔乙己窃书不算偷，我窃笔算不算偷？

我很快叫上弟弟，在村子里绕了几个弯，到河边那个回水湾停下来。然后我急切地对他说："弟弟，你猜猜，我会什么？"

"你会什么？"弟弟才五岁。

我得意地说："我会变字！不信，你把眼睛闭上。"他很乖，真就把眼睛闭上。我悄悄拿出笔来，贪婪地看着，然后用它在水泥堤坝上写自己的名字，叫弟弟来认。

弟弟不识字，但他惊叫起来："哥哥，你有钢笔？"

"没有！是我变的。变的，知道吗？"我强调说。

整个下午，我都在河边给弟弟"变"字。

"弟弟，你摊开手，把眼睛闭上！"我变字的前提是要他把眼睛闭上，所以他其实一直没有看到钢笔。弟弟的手心里多了三个蓝茵茵的字，我说："这是你的名字，可得记住！"弟弟开心地笑了。

我一时兴起，又在他的手腕上画了只表。弟弟咧着嘴看了看："嘀——嘀——嘀，现在是北京时间下午五点钟。"他学着广播里开始报时了。

"把衣服脱下来，弟弟，快！"我催促道。

弟弟赤裸着上身，跪在地上，我转到他的身后，一边念念有词，一边大画特画。四个拳头大小的字"精忠报国"就印在上面了。我说我是岳母，你就是岳飞。弟弟不懂这个故事，就问我岳飞和岳母是什么关系。我回答说我就是你妈，弟弟回头说，可你是我哥呀！我说我就是岳母了，我在教育你去奋勇杀敌，报效祖国。

游戏进行得无休无止，黄昏很快来临。这时，笔也没墨了。我突然感到一阵紧张，对弟弟说："千万别说我会变字，记住了！不然……"我总是用"不然"来威胁弟弟，很管用的。

二娘一下子出现在我的面前。我的心腾地一阵猛跳，那支钢笔在裤兜里捏出汗来，又湿又滑。

"小云，你们兄弟俩看到我的钢笔没有？"二娘焦急地问。钢笔，那可是稀罕而又重要的物品。"没有！"我说，弟弟也这么说。可二娘明显不相信，她看着我的裤兜问："兜里……是什么？"

我吓慌了。撒谎的代价是——屁股上栽菜（挨打），这可不好玩。二娘马上过来搜身，我死活不抽出手，也不让她插进手。二娘生气了，眉头一皱："我叫你爸爸来！"

她转身对着村子，做出喊人的架势，我抓住时机抽出钢笔，一下子丢进深深的河水里。看着钢笔像箭一样直刺入河水，我的心一松，也是一痛。

那天晚上，我和弟弟被四个大人（爸妈，二爸二娘）包围住。爸的手上握着一条长长的篾片，黑着脸。任他们怎么审问，我坚决否认拿了钢笔。

弟弟看着我，我知道他不会坚持多久了。果然他哭了，然后伸出手去，又脱下衣服，让他们看我留下的"杰作"。

一切清清楚楚了。父亲的篾片在我身上乱飞，我却没有哭。我是一个不管发生什么事都一声不吭的人，二娘好不容易将我爸拉住。

二娘温和地对我说："小云，你成绩好，一直是全班第一名，你应该有一支钢笔，二娘还没有奖励过你呢，现在二娘宣布：这笔就奖励给你了。可二娘还有封信必须要写，可以借给我用一晚上吗？"

我下意识地用手摸了一下裤兜，眼里噙满泪水。

"贼！我们谢家出了个贼！"父亲恨恨地骂。

我突然一跳而起，冲出门去，在村子里飞奔，几分钟后来到下午待过的河边上。我满脸是泪。"贼！"这个声音在脑海里回荡。我宁愿被一记重拳打得头破血流，也不愿担当这个名号。

四个大人也在后面追来了。不等他们拢来，我一纵身投入河中。"小云！"我只听到四个不同声音的惊呼。

水在我的周围，与我密切地合为一体。无声而漆黑。

一分钟后，我不得不浮出水面，在换气的瞬间，我看了看岸上，母亲和二娘都惊慌失色，而父亲却在微笑，他用有力的手臂拦着其他三个人，不让他们扑下河来。

第二次浮出水面的时候，我爬上岸去，手里拿着那支钢笔。

妈和二娘已经哭出声来。爸一把将我搂在怀里，他说："干得好！你不是贼！"

第二天一大早二娘就来叫门了，她在晨光中将那支打足墨水的钢笔郑重其事地交给我，还说："这是奖励。"

至今，我还珍藏着它，那是一支小巧的青绿色钢笔，很新，浓浓地散发着墨的香味。

赤脚大仙拍卖会

一个神仙就有一朵云，这像现在人们拥有汽车一样。

尽管同为神仙，但级别迥异，分得的云自然有别。像土地神这样的末流神仙，云就又窄又小，一路颠簸，吭哧吭哧，所以土地神不轻易上天，太穷酸呗！而像托塔天王李靖，云就气派多了，南征北战耀武扬威，其他的云纷纷退避三舍。再像孙悟空这样的莽撞小青年，属飙车一族，动不动就把个筋斗云开到二百四十码，还时常“醉驾”，妈呀！今天掉进东海，明天又撞坏天柱，所以被关五百年禁闭实属咎由自取。

云分男用和女用两种。“天庭云朵股份有限公司”技术一流，特别将女用云设计得千娇百媚。王母娘娘的云宽敞豪华，尖端科技全都体现在内，马达功率也强，载百十个宫女，一路歌舞升平，能充分展示她母仪天下的皇家风范。七仙女的云是姐妹系列产品，大同中又有小异，与每个仙女的气质相吻合，一直令她们“爱不释脚”（提醒：云是脚下踩的）。嫦娥的云也是花巨资量身定做的，有舞蹈气质，看上去很撩人，难怪猪八戒会在她面前出丑，说出些颠三倒四的傻话。

话说赤脚大仙这天回到府上，一直闷闷不乐。童儿诧异，问他是不是病了，说玉皇大帝新招了个西医，手段真是了得，要不要请过来。但是赤脚大仙只顾叹气，最后他说：“童儿呀，你快去打几个电话，为我筹备拍卖会吧。”

“拍卖什么?”

“唉，我两袖清风，家里都是些简陋不堪的东西，不外乎就沾了一点仙气而已，真要拍卖能得几个铜子！就是那朵云呀！”

童儿瞪大眼睛，心想：赤脚大仙莫非神经短路，卖了云，那今后上下班怎么办？再要问，却被大仙制止。

第二天，来了不少富贵神仙，不过都是想看笑话的。赤脚大仙平时太讲原则，这些神仙都碰过壁，听说他落到卖云的田地，老早就闹哄哄地来了。拍卖会很不严肃，有人甚至从十个铜子起价，故意伤大仙面子。赤脚大仙阴沉着脸，一声不吭，等三声锤响，就收起不多的钱款准备离去。

“大仙，你家是有人生重病了，还是儿子上大学交不起学费？”一个神仙显然不想善罢甘休，滴溜着眼问。

赤脚大仙不语，可人家又问了一句。他叹了口气，却不正面回答，而是抚摸着他的云说：“这朵云跟了我五百年了，好使！开起来平稳，不颠簸，方向控制很灵活，而且质量上乘，从来没有进过修理厂。唉，有感情啦！可是……”

“可是什么？”富贵神仙都伸长脖子，饶有趣味地听着。

“你们真想知道？”

“我们真想知道！”

“那跟我走吧！”赤脚大仙最后一次踩上他的云，于是大家来到一片碧蓝的天空。太阳似火，每个神仙都晒得大汗淋漓。这时，一阵悲伤的祈祷声响起。赤脚大仙用手指着下方，大家都好奇地往下看。原来人们正在求雨，成千上万地跪在黄土地上，他们的庄稼已经干得快要着火。

赤脚大仙沉痛地说，前些日子我经过这里，发现旱情严重，赶忙上下奔走，却因能力有限而毫无结果，只好卖云，准备将这笔善款捐给灾民，让他们买水救灾，唉，只有这样我才能心安啊！

一个富贵神仙立即说道：“大仙莫不是糊涂了？”

“此话怎讲？”

“咱们神仙的云虽然制造精美，但说白了，还不就是一种灵异之水吗？只需化成一场甘霖即可，哪用拍卖，绕那么大的弯子呢？莫非大仙是在炒作，以救灾为借口另有所图？”

赤脚大仙一听，恍然大悟，直拍脑门，“真是糊涂！我这一急把这茬给忘了。”赤脚大仙立即下到一个山头，一挥手将云抛向高空，口中念念有词。只听天地间风声大作，雨声四起。地上的人全都站起来，在雨中狂舞。庄稼地里开始流淌着银白色的水道。

雨中，凡人们的感恩之声震耳欲聋。

然而雨很快下尽，太阳又炙烤着大地。

天上只有十几朵云在飘荡，那是富贵神仙们的私有财产。

富贵神仙们终于解气了，因为他们看到了赤脚大仙最狼狈的一刻。他们脑子里早想好嘲笑的话，比如“傻大仙，看来你得一个人走回天上啦!”比如“在山头上好好待着吧，我们不陪你啦!”又比如“从现在起，你就天天走着上班去吧!”……不过，真见到赤脚大仙一无所有地站在山头上时，他们竟一句也说不出来。

看着凡人们又开始跪下，又开始求雨，赤脚大仙脸上流出两行晶亮的泪水。

突然，天地间再次电闪雷鸣。赤脚大仙正在惊异，却见那些富贵神仙都默默站在自己身边，他们的云在天空中像冰激凌一样化去，大雨正哗哗地下到人间。赤脚大仙扑通一声给神仙们跪下，说：“我替老百姓谢谢你们啦!”

神仙们不好意思地说：“赤脚大仙快快请起，你如此关心民间疾苦，让我们十分汗颜。你给我们上了一堂好课啊！我们这就去发动所有神仙，各使神通，为天下苍生造福吧。”

赤脚大仙说：“那咱们一起走着回去。”

众神仙立即答应：“好!”

第七片叶子

尽管暑假快要结束，但我不管，独自跑到几百里外的一个陌生城市，在一家小网吧里待了两天两夜。吃吃，睡睡，聊聊天，打打游戏，好不自在。这天我又伏在电脑桌前睡了几个小时。一阵喧闹把我吵醒，已经是夜里十一点。

有几个跟我年纪差不多的本地少年，他们到现在也没离开，竟然买了几瓶啤酒喝起来。说实话，我瞧不惯这种做法，可是再想想自己，好像跟他们差不了多少。想到这里，我难过起来。网吧里除了我和他们之外，就只有一个年轻的女网管。

少年们盯着我看，神色诡谲。我赶忙摸了摸衣兜。糟糕，钱没了！

“你们都是小偷！”我冲他们吼道。

这下，少年们全都向我走来，把我围在中间。一个像头儿的高个子推了我一把，说：“你是哪里来的臭小子？说话干净点！”我坚信是他们摸走了我的钱，所以毫不示弱，也反推了他一下。

这群少年一齐扑向我，大打出手，我身上一阵剧痛。女网管立即前来劝架，但没有人停下。我被推到门外，混乱中我向后便倒，后脑勺撞在一个坚硬的物体上，痛得我差点昏过去。我在地上打滚，几片阴影落到我的脸上，原来我撞在一株滴水观音的花盆上。

高个儿男孩用手摇着滴水观音，弄出哗哗的声音，笑嘻嘻地问我：“你倒说说，我们偷了你什么呀？”

我咬紧牙关忍着痛，回答说：“六百元钱。”

高个儿大笑，把滴水观音的花盆抱起来，呼地砸中我的肚子，我疼痛难忍。他又说：“好吧，算我们偷了。现在还给你，你好好数数！”

他命令我数滴水观音的叶子，他们人多势众，我只好强忍泪水大声数起来：“一、二、三、四、五、六。”

“你说我们偷了你六百元，现在正好六张一百元的，你可收好啦！”高个男孩阴阳怪气地说，其他人也哄笑起来。

这时，我的手触到一块碎片，就是刚才我的头从花盆上碰掉的。我暗暗把它握在手里，有了武器，我勇气顿生，准备一跃而起，给他们点厉害瞧瞧。不想这时女网管走过来，悄悄夺过碎片，用她美丽的眼睛不安地看着我。我从中读到关切和规劝，心里一暖，打消了拼命念头。

“咱们互不相欠了！”少年们散开，又去喝酒打游戏了。

女网管扶我到电脑前坐下，查看伤势。好在只鼓起一个包，没有流血。我瞪眼看着这些坏小子，心想：你们等着瞧！

女网管问：“你不像本地人，家里出什么事了吗？”她的声音很轻柔，我立即产生了好感，就告诉她说，我本是个学习优秀的初中学生，最近父母闹离婚，我反复劝阻无效，一气之下偷了家里一千元钱，出来散心。

女网管着急起来，连忙催我赶快回家，说父母肯定会后悔的。我当然知道他们后悔了，可就是不接他们打来的电话，谁叫他们闹到这一步的。

“小弟弟，你不能这样，会学坏的！”女网管一脸真诚地劝我。

我对她心存感激，但不以为然。好在我另一个兜里还有零钱，我继续跟网友聊起天来。

我讲了刚才发生的倒霉事，并表示一定要报复。有个女网友就问我怎么报复。我告诉她，我虽不是本地人，但在网吧里待了两天，知道他们是从一个小胡同来的，那胡同里有个黑暗角落，我只要……

我一边打字，一边偷看那几个少年，心里有一种莫名的痛快。

时间一点点过去，少年们玩够了，看样子想回家睡觉。我抢先结了账，向外走去。

出网吧门时，我看到花盆的碎片已经被女网管镶上去了，我又把它取下来揣在兜里。它很尖利，正合我意。

我先走进小胡同，在那个黑暗角落里埋伏起来。一路上我捡了好几块砖头，都放在脚下。这是深夜，周围很静，我的心提到嗓子眼里，不过又伴随着报复的快意。

那几个少年真的出现了，他们越走越近。我把花盆碎片握得紧紧的，感觉到手都在颤抖。我计划先用砖头砸他们，如果遭到堵截，就用碎片跟他们拼命。

几个少年不顾周围的住户正在睡觉，仍然高声唱歌。高个儿先到我的旁边，突然他说：“想撒尿了！”于是走到我藏身的树丛边。我心想，巴不得你离我近点！就抓起砖头，对准高个儿。

“撒什么尿！”突然从我后边响起一个声音，惊得我险些叫出来。这也把高个儿吓了一跳。只见一个老头从树丛里站起来，伸了个懒腰，像刚从梦里醒来一般，说：“你要是把尿撒在我身上，可饶不了你。咦，我是在哪儿？哎呀，喝多了，喝多了！家就在附近，竟然也不回去睡。”

说罢，老头慢腾腾地从树丛里向外走。

经这一吓，高个儿尿意没了，少年们悻悻地离开。

老头一步一步走向我，他的腿一下碰到我的身上。“谁？”他小声叫道。

我只好站起来，他瞪眼看了我半天，突然笑了，说：“外地人吧？没地方住吗？我正好一个人住。你不用付钱！”

我想了想，点头同意。这两天我吃睡都在网吧里，已经很想感受一下床的滋味了。

老头真是一个人住，他的家就在附近。他让我睡床的里边。我们睡觉前聊了一会儿，听说我是离家出走，他笑了，说：“现在那些当父母的就该受点惩罚，说离婚就离婚，全不管孩子怎么想。你这样做也好，让他们掂量一下你的分量。”

这话拉近了我跟他之间的心灵距离。他后来劝我玩两天就回去，还说，在我打算回家之前，可以天天来这儿过夜，吃住免费。老头想让我帮他干几天活，据说他是经营苗圃的，苗圃离这儿不远。可是我心里很乱，只对聊天打游戏感兴趣。

他看着我的衣兜，突然问：“那里藏的是什么东西？”

我掏出花盆碎片，并没告诉他刚才在网吧里的事情，谎称是防身用的。他意味深长地说：“花盆缺了一角，花盆会痛的；碎片被扔来扔去，要是以烂为烂，干出什么蠢事来就麻烦了。唉，还是把碎片还原到花盆上好啊！这样花盆也完整了，碎片也安全了。”这话让我怦然心动，但是一想到父母决绝的样子，我仍然气不打一处来。

第二天我醒来时，老头出门了，一定是去了苗圃。我揣好放在桌上的碎片，关好门窗，又去了那家网吧。女网管见了我，竟然伸手一拦，说我是未成年人，不准我进。我很惊讶，要知道这几天我都在里边待，昨天那群少年也一样，怎么今天就不能进了？后来女网管说："其实网吧老板才不管你是不是未成年人呢，只要给钱谁都可以进。可我不想让你进这个是非之地，会吃亏的！还有，你家里都……那样了，快回去吧！"

她不提家里还好，一提我就有气，执意要进去。女网管叹口气，说："听姐姐的话！你不应该这么埋汰自己，回去好好读书吧！"

见她说得恳切，我犹豫起来，因为我喜欢读书。

正准备转身离开，女网管却叫住我，问我是不是拿走了花盆上的碎片。我就把碎片拿出来，安到花盆上去，正好合适。看着花盆完整无缺的样子，我又想起老头的话，心里一阵感动。

奇怪的事情就在这时发生了。

一夜之间，滴水观音竟然长出了一片新鲜的嫩叶，很新很嫩，比其他叶子高出一大截呢。我呆了呆，赶忙数起来，"一、二、三、四、五、六、七！"这盆滴水观音有七片叶子，可在昨晚，明明只有六片！这怎么可能！

我抬头看女网管，女网管也睁大眼睛不敢相信。

我翻过那片新叶来看。天！叶背上竟然贴着一张绿色的心形纸片，由于滴水观音的叶子很厚，稍不留神是看不到它的。

纸片上写着几个娟秀的字：快回家吧，相信父母是爱你的！

"这……是你写的？"我问女网管。但是她连连摇头，说她可没有能力让一株植物一夜之间多长一片叶子。她想了想，猜测道："你看，昨晚你倒在这个花盆上，并揣走了花盆的碎片，今天这株滴水观音又长新叶，奇怪的事情都跟它有关。该不会是上天怕你走上邪路，特意让这株植物显灵，劝你迷途知返吧？吉人自有天相，你善良单纯，可不要放弃，回家吧！"

我稀里糊涂点了点头，带着纸片去汽车站了。在回家的汽车上，我又拿出纸片，发现背后还有内容。读着读着，我眼里涌出泪来。

"我为你编织的童话美吗？小弟弟，那个你新认识的女网友是我，女网管也是我。我知道你的处境，知道你除了网吧别无去处，更知道你报复的计划。为了阻止你干傻事，我打电话请人去黑暗角落里蹲点，又从苗圃里换了一盆相似的滴水观音，砸出相近的缺口。做这些事的人是我父亲，也就是你昨夜遇到的老头。我们忙活了一夜，却觉得很值。记住，他趁你睡觉时，在你鞋垫下放了六百元钱。”

我伸手一摸，果然有六张鲜红的钱在鞋子里边。

这时，父亲发来一条短信：刚儿，回家吧！我和你妈已经和解，再不离婚了！

迈克的心

迈克醒来时，看到一个高大而慈祥的老人。“我这是在哪儿?”迈克问他。

老人有些忧郁，皱着眉头说：“你在天堂。”

迈克吃惊地看着老人：“这么说，你是上帝?”

老人点点头。不想迈克大叫起来：“不，你不能让我待在这儿！我的孩子小迈克需要我帮忙，我得守在他的身边。他最近失恋了，老想自杀，我一刻也不能大意。”

老人郑重说道：“我并不想留你，你还没到进天堂的时候。这是深夜，你的肉体正在睡觉，我只是把你的灵魂带到天堂上来，天亮之前你会回去的。我只是想弄懂一个问题：父母的心为什么不属于自己?”

迈克赶忙跪拜上帝，虔诚地说：“我的上帝，我非常愿意供你研究。”

上帝手一招，迈克的心从胸口飞出来，落到上帝手上。当然，迈克并无痛感，他只觉得胸中一空。上帝取出刀子，将这颗闪亮的心放到桌上一片一片地切开，总共切成一百份。然后他用镊子仔细寻找，末了仍然皱着眉头说：“真奇怪！我造人的时候，给每个人的都是完全属于自己的心脏，可你的心脏没有一片属于你。”

“不属于我？那它属于谁?”迈克恐慌地问。

“小迈克!”上帝说。

迈克舒了一口气，如果自己的心全属于小迈克，这正是自己的愿望呀，这有什么不好!

上帝想了想，说：“不行！我得给你换个心脏，让你也考虑考虑自己的事儿。别老想着小迈克，他有他的心脏!”迈克想申辩，但上帝不由分说，手一扬，一颗闪亮的心就装进了迈克的胸膛。上帝说：“迈克，按你自己的想法活吧！我会密切注意你的动向。”

第二天，迈克醒来。他没有像平常一样先想到小迈克，而是仔细回味了梦里跟上帝在一起的情形，觉得很有意思。老婆大概在厨房里弄饭。他心情非常好，就躺在床上思前想后。自己这辈子不算窝囊，方方面面都还顺意，真该好好享受人生。只是奇怪，他打小就渴望走遍世界，现在已快五十岁了，竟然没踏出家乡一步，这是为什么？

他打定主意。对，旅游去！上帝叫我按自己的想法活一回呢！

这时，老婆在儿子房里尖叫一声。他连忙跑过去看，闻到一股浓烈的烟酒味，而小迈克掉在床下，手上流出鲜血，他这是割腕自杀。

迈克的心突然咔嚓一声，似乎破裂了。夫妻俩将儿子送进医院，幸好发现得早，抢救及时，小迈克活了过来。可这个不争气的家伙张嘴叫道：“我失去了凯特，活着多没意思！让我死吧！”

“可是失去了你，我们活着更没意思！你死了，我也会死！”迈克痛心地说。

刚刚生起的旅游梦瞬间烟消云散了，迈克守在小迈克身边寸步不离。他的心时而揪得紧紧，时而变得空空，时而火热，时而冰凉。

接连三天里，迈克粒米未进滴水未沾，一刻也没合过眼。

小迈克看着这一切，心生愧疚，打消了自杀念头，迈克才放心地睡了一觉。这一觉睡得很沉，上帝站在床边，一直不忍心打搅他。

等迈克休息够了，上帝又让他到天堂里去。上帝取出他的心来，同样用刀切成一百份，又用镊子仔细寻找，结果同前几天一样，没有一片属于迈克自己。上帝自言自语：“是什么力量让一颗心瞬间变化的呢？”

迈克回答：“是亲情吧。怎么连上帝你也不知道？”

上帝怀疑地看着迈克，口里重复着“亲情”两个字，然后他沉吟起来：“我造人的初衷是让每个人都幸福地活在世上，我给每人一颗心，用于装自己的快乐。可是亲情却让一部分人很不幸福，他们把本属于自己的幸福全部赠给后代了。可怜天下父母心啊！”

迈克又跪下来，对上帝说：“我把幸福赠送给小迈克，他的幸福就多起来。他的幸福越多，我恰恰就越幸福。不过，小迈克不会独享这些幸福，等有了小小迈克，他一定会把幸福赠送给小小迈克。亲情就这样传递下去。到那时，你再把小迈克和小小迈克叫来，把他们的心切开，你会发现也不属于自己。”

上帝感动了，赞叹一声：“这份亲情真美！我并没创造过它，它是从哪里来的呢?”

这时迈克瞪着上帝的心窝，问道：“上帝，你开心吗?”

上帝摇摇头，说最近不太开心。

迈克又问：“你是上帝，怎么也会不开心?”

“因为我想让每个人开心，正在苦苦研究。”

迈克说：“这就对了，亲情正是从你那里来的呀!”

二手手机

每次回乡下，父亲都提到醉刘，他说："醉刘又在茶馆里显摆手机。不就是个二手手机嘛，有什么了不起！"

父亲和醉刘一直较着劲，谁也不服谁，三年前吵过架，至今没言语呢。

我明白了：父亲也想有手机。

我就也为他买了个二手手机。唉，真要拿一千多元出来买新的，我心痛不说，父亲肯定更心痛，咱家境可不怎么的。

这下，父亲高兴得嘴都合不上了。

下午，我跟着他去茶馆喝茶，见醉刘拿着手机，声若洪钟，正跟几个老人发短信玩。他儿子也在场，眉头紧锁。父亲坐下，不动声色地把手机拿出来，哗一下打开翻盖。声音很响，一下子把目光全吸引过来了。

醉刘的眼睛瞪圆了，慢慢靠拢父亲，可是看着看着，哧哧地笑出声来，说道："这手机是我儿子用过的。"

"你、你，凭啥这么说？"父亲怒视着他。

醉刘的儿子赶忙上前查验，他打开电池盖，没想到里边刻有几个字母，跟他的姓名正好吻合。原来这小子有天来了兴趣，竟在手机里边做了这么一个记号。这下，父亲很扫兴，举起手机就要摔。

醉刘见状，眼睛笑得眯成一条缝。

哪知醉刘的儿子一把抱住父亲，说："谢叔，别摔呀！我买了，给一千元钱也成！"

在场的人全都愕然，醉刘的儿子只好面红耳赤地讲了缘由。

原来醉刘的儿子虽然做的生意不算小，可赌博成性，前几天现金输光了，就用手机抵账，卡也忘了取出，第二天用钱去赎，哪知人家卖到市场上了。几天来错失好几桩生意，正发愁呢。

醉刘气得直跺脚，只好尴尬地走过来，也求父亲别摔手机。

父亲就把手机原价退还。说也奇怪，从那以后，他和醉刘变成了最好的朋友。

我总觉得对不住父亲，决定再为他买个新手机，想不到父亲对此毫无兴趣了。直到现在，他也只拥有过一个手机，时间不到半天。

窃贼定律

他是个窃贼，是个学历极高的窃贼。

他可以在三分钟里破译世界最先进的任何一把防盗锁，在这三分钟里，他的头脑转得比电脑还快。

在入室行窃之前，他往往抿嘴一笑。这一笑，就是他行动的标志，笑里充满自信。笑，被他认为是好运的象征。

他的全身都是高科技的装束，但是，你即使翻来覆去地找，也找不出他的装束任何一个与众不同的地方。

现在，这名窃贼站在一家银行的门外，远远地打量着银行。他轻轻抿嘴一笑，但笑影还没有消失，他的整个人却一瞬间不见了。他到了哪儿？若一定要查出他的行踪，那得先请银行戒备森严的警卫打开门，又得在迷宫似的银行里面绕很多圈子，才会在心脏位置见到他。

他在一座状如天宫般的房子里四下环顾，内心万分激动。这家银行海内闻名，但他相信里面的钱财有很大一部分将成为他的囊中之物。两分钟不到，他的头脑中产生了最科学的一套行窃方案。他心里已感应到胜利到来的那种喜悦，他的嘴又一阵抿笑。

身后一个轮椅无声出现，几乎是悬空移动。轮椅上一个苍老的脸静静地看着窃贼，毫无表情。

“来存点什么，是吧？”老人用沙哑的声音问，声音在空荡荡的房子里显得十分怪异。

窃贼迅速回转身，惊慌地看着老人，冷汗一下子打湿了后背。因为，这个老人的行动竟然连他也无知无觉，这还得了！

“不，我是来取点什么的。”窃贼见是个老人，而且还坐着轮椅，一惊之后并不怎么害怕。

"存就是取，取就是存。"老人说。

"我不懂！你这话太玄乎了，给我点解释好吗？"窃贼冷冷地说。

"你要来这家银行行窃，可你先对它了解了多少？"老人问。

"我不愿多了解，只花了些工夫破译密码，研究防御系统，我只知道它是银行，它里面有很多钱。像我这样世界一流的窃贼，知道这一点完全足够了。"窃贼自信地昂起头说。

"可这家银行里几乎没有钱。"老人摇摇头。

"没有钱？笑话！"窃贼认为老人是个有趣的人，所以很有兴致陪他聊聊。

"信不信由你，这家银行经营的不是钱财交易，是'人道'与'感恩'的兑换。比如说，某人生活困难急需救助，他可以到这里来，对着工作人员陈述自己的窘迫，工作人员会马上用仪器检验他说的真实与否，接着他只要留下一个吻印和一个指纹，就可以取走一定的钱财。而这些钱财是富有爱心的人自愿捐赠的，在捐赠时也要检验真诚与否。来存的和来取的并不见面，但据我所知，来存的远远比来取的多。这是这个城市最动人的一大创举。想想看，这样的银行，你是不是来错了？"老人深有感触地说。

"什么来错了！既然这里还是有钱，我就没有来错。"窃贼冷酷地盯着老人。

"唉，你的心太硬了。你会比我的时间更长些的。"老人说了句莫名其妙的话。

这时，门口突然闯进来一个警卫，警卫向窃贼举枪欲射，但窃贼身手不凡，只是手一扬，一瞬间就把警卫放倒在地。老人看着窃贼，点点头说："不错，是有那么两下子，不过，再怎么好的身手也是枉然。你放倒的根本不是人，而是一个影子。"

"不是人？是影子？"窃贼当然不信，跑过去摸倒在地上的警卫，却发现自己的手都快要穿过那人的身体了，竟一点感觉都没有，完全就跟空气一般。

"这家银行不是人开的，而是一种叫'人间道义'的精神所开的，里面除了你和我，根本就没有一个活人。"

窃贼惊呆了，半天不动一下。突然他想到了什么，就问："那你是干什么的?”

“我？我嘛，跟你一样，曾经是想来取点什么的，不想把自己存在这儿，都快十年了。所以说，存就是取，取就是存。”老人沉入回忆，轮椅被他靠得一颤一颤的。

“这么说，你也是个窃贼?”窃贼笑了起来。

“说得对，我来的时候确实是个窃贼。”

“你为什么会留在这里十年？看来你的手段并不怎么样。”窃贼问的时候，带着一种自鸣得意的眼神。

“最初是想走走不掉，后来是走得掉却不想走。”

“为什么不想走?”

“这样的银行，你不觉得值得多待些时间吗?”老人向房间里深情一望。

“得了，老头，我可没有闲工夫陪你聊天了。既然取不到钱，就算我失了一次手吧，我可要走了。”窃贼决心不跟一个坐在轮椅上的老人费唇舌了，转身要走。

突然，他的两腿一弯，屁股向下一坠，就在这时，他的身子下边闪闪发光地幻化出一把轮椅来。与此同时，他看见老人站了起来，老人身下的轮椅却一点一点消失，也是闪闪发光，只是光越来越少，然后从有到无。

这太突然了，窃贼像是掉进一个专门为他制作的陷阱里一样，任他怎么挣扎，轮椅纹丝不动。好长时间过后，他只好停止了无谓的挣扎。

老人走过来，俯下身子，对窃贼说：“轮椅还合体吧？今后相当长的时间里，你得靠它生活，我以前也是这样。”

“为什么竟是这样?”窃贼垂头丧气地问。

老人说：“因为一念之差！别人都是来存某种道义的，你我却是不义的。存的是不义，取的自然就是惩罚，这是窃贼的定律。这把轮椅是神奇的，它随时都在检验你的思想变化情况，只有当你的思想完全从善之后，它才会放你出来的。”

“我得回去了，去看看大海，那可是我儿时待的地方。”老人说完，轻快地走出门去。

当 官

有几个好哥们经常聚会，随着年龄增长，他们渐渐都在各自单位上成了好手，最近两年，老张、老王、老李还当上了不大不小的领导，最后只剩下老谢是唯一的平头百姓了。

这天，老谢在酒桌上宣布了一个爆炸新闻，他也当官了。

大家都不相信，老张说：“你这个人民教师当迂了，一直是粪土当年万户侯，不屑于当官的，怎么也开窍啦？”

老谢含笑不语。大家忙问当的是什么官，老谢说是主任。老王马上明白过来，这是老谢的惯常伎俩，他所说的主任一定是“班主任”。可是老谢却说，要是班主任也算官的话，他十多年前就当上了。

“快说，那究竟是什么官？”老李催促道。

“这样吧，你们不是明天都要到学校开家长会吗，到时自然就知道了。”老谢硬是卖了个关子。

第二天，老张、老王、老李进了学校，在一个大办公室找到老谢。还没坐下，就见一个年轻女教师对老谢说：“主任，我帮你把试卷复印了一份。”

老谢故意在三个哥们面前咳了一声，说：“小芹啊，你真会办事，好好干！”

“领导交给的任务，做秘书自然要认真执行，小芹决不辜负领导的期望！”小芹笑嘻嘻地答道。

这场面看得三个哥们目瞪口呆，怎么？老谢还配了个女秘书！学校里还有这种级别的主任？

不久又进来几个老师，大家口口声声都叫老谢“主任”。

老张实在憋不住了，拉住小芹，问她老谢当的究竟是什么官。小芹很认真地答道："教改办主任呀！"

教改办主任，那是"教育改革办公室主任"的简称，这个官可不小，比校长都大。三个哥们服了，老谢这是不当就不当，可一当起来官还不小。不过，他们看着房里寒酸的陈设，又有些不解，心想教改办主任还住这种办公室？

见他们糊里糊涂，所有老师都乐了。老谢操着官腔叫道："小芹，还是你这个秘书来为三位客人解开谜团吧。"

小芹就说："我们这位谢老师，平时待人和气，说话也很风趣，学校办公条件不好，用教室改装成办公室，供七八个老师一起用，他就戏称这是'教改办'，我们也封他为主任啦。"

原来如此！不过，这老百姓封的官，当一当也蛮有乐趣的。

子 弹

父亲从几百里外赶来，我和他在家边喝酒边聊天。

当然，这酒喝得很有滋味。

我问父亲："你老人家咋这么舍得花钱，一定要亲自赶来呢?"

父亲嘿嘿直笑，说："我儿子给祖宗争光呢，我怎么不赶来祝贺祝贺!"

这话我太爱听了。也就是上个月的事，我荣升局长了，父亲大人在电话那头高兴得像个孩子，尽管他心疼车费，但穷人的孩子有了这一天，对他、对家族、对整个村子都是一大喜事，他坚决要来看看我。我也正想找个亲人得意得意呢，来就来吧。这不，才半个月，父亲来了。

"村里人都为你高兴，临来的时候，他们让我带些小东西给你。"父亲的旅行袋真是取之不尽，什么张爷送的豌豆、李叔送的红薯、王婆送的鞋垫……的确是些小东西，父亲又取出一个塑料袋包着的、软乎乎的东西，一看，原来是面粉做的锅摊儿。这肯定是邻居刘婶做的了！我想起过去三天两头去刘婶家里混锅摊儿吃的情景，心里好笑。

尽管锅摊儿早已凉了，但我咬上一口，满口生香，心里暖洋洋的。

我拿出一瓶五粮液，父亲看了看，神色有些不快，但什么也没说。我立即解释说："爸，这酒是……我买的，难道我升任局长也不配喝这种酒吗？难道我老爸那么远来也不配喝这种酒吗?"我这两个"难道"说得父亲笑了，于是我们倒上酒喝起来。

其实，酒是一个下属送的，不过，这个下属关系很铁，又是第一次送这种酒，我能不接?

酒酣耳热，父亲说："我忘了把自己的礼物拿出来了，看我这记性!"

我一听来劲了，心想：父亲会送我什么呢?

只见父亲从心窝处摸出一个信封，信封不像装有东西，瘪瘪的。我正纳闷，父亲一倒，从里面掉下一个粉笔样的东西，却闪着亮堂堂的金属光泽。

“叮！”那东西掉在桌上。

一颗子弹！

一颗真真切切的子弹！

父亲笑微微地看着我。

我突然心惊肉跳。那是一颗步枪子弹，我的眼睛被晃得迷乱起来，我不敢伸手去拿。偷偷看看父亲，不接不行，只好伸手，但动作十分机械，我把子弹放在手心，但是，它竟然像有一千度的高温，我手心有被灼伤的感觉。

父亲在观察我的表情，现在他不笑了。

“唉，我还以为你会很喜欢呢。还记得过去我送给你一颗子弹时，你好开心，天天捏在手心玩。其他人只能玩空弹壳，你那颗却是货真价实的子弹，你总是对其他孩子说：‘瞧，真子弹，我爸给的。’别人听了，就问你为什么有真子弹，你说：‘我爸是民兵连长。’”

我陷入回忆。这是二十多年前的事了，那时我才几岁，作为男孩子，都以拥有弹壳为荣。那时每个村子都有民兵，民兵不仅要定期集训，还要实弹演习。演习的地点往往是河滩地里，竖上几个靶子，民兵们分批卧倒在沙坑里，瞄准，射击。“哒哒哒”，真是刺激！等射击完后，孩子们一窝蜂跑去捡弹壳，这就是别人的空弹壳的由来。

我的真子弹是父亲给的。我有别的孩子享受不到的优越感。

父亲又说：“其实，我只私藏了两颗真子弹。这算不算贪污？我时常想。算！我身为干部、党员，做这件事是不光彩的。看到你在其他孩子面前那份得意劲，我就知道自己给民兵连长这个官衔抹黑了。可那时，我的任期快结束了，只想……只想留点纪念，我对军人这份职业，很热爱！”

父亲从我手里接过子弹，摩挲起来，像摩挲一颗价值连城的珍珠。

我终于明白，后来父亲为什么又没收了我的真子弹。

“那颗子弹，你恐怕早已忘记了吧？所以我再送你一颗。现在，咱爷儿俩各一颗，时常拿出来把玩，会对自己有用的。唉，我以为你会很喜欢呢，你小时候得到子弹，开心死了，成天说要当一名人民解放军战士。现在，是因为你大了，才不喜欢子弹吗?”

父亲一口干掉杯里的五粮液，连说好酒好酒，然后又看着我，意味深长地说：“好酒不能天天喝，天天喝这玩意儿，那它就是毒了。”

我从子弹带给我的惊恐中，好不容易镇定下来，忙给父亲倒上酒。

我心里发誓，今后再不接任何送的礼物!

父亲当天下午又赶回去了，真是来也匆匆，去也匆匆。不过，说实话，他这趟来得太对了!

当天晚上临睡之前，我给王总打了一个电话：“王总，对不起！你送我的那套房子，我不想要了，好在我们还没办理过户……别提它值一百万，再豪华也不要了。你们的那个项目，我还没签字，就不签了。你还是走正规渠道，与别人竞标吧。”

王总很无奈，最后问我为什么改变主意，我低头看看手里的子弹，一声不吭地把电话挂了。

为什么？就因为父亲的愿望，全村人的期待，还有我晚上能睡个好觉。

我只是你树上的一只蝉

一只蜗牛很喜欢把它爬上的树当成自己的领地，凡是在这棵树上的动物，它都要训导一番。

这天，树上来了一只蝉。蜗牛爬过去，说："年轻人，这棵树有这棵树的规矩。"然后它慢腾腾地讲了规矩。

蝉不卑不亢地听了它的规矩。

蜗牛见蝉听话，不免得寸进尺，说："听说你们蝉是唱歌的高手，唱给我听听，要能讨我的欢心，我可以允许你在这棵树上任何一个角落里来去和唱歌，要知道，从来没有人享受到这种待遇。"

蝉清楚眼前这位是个烦人的主儿，恭敬地回答说："可是，我现在有我的事要干，想听我的歌，有机会一定给你唱。"

蜗牛大怒，阴沉着脸，足足给蝉上了两个小时的政治课。

蝉只好一声不出。

蜗牛从多方面讲述不听话的严重后果。后来它说累了，也感觉到蝉实在是听话过余，就走过去拍了拍蝉，以示嘉奖。

这时，它才发现蝉的身体很轻，原来蝉刚才是在静静蜕壳，根本没把蜗牛的话听进耳里。

现在树上除了蜕下来的壳外，蝉早已不知去向。

从邻近的那棵大得多的树上传来蝉的鸣叫，悠长，洪亮，周围都安静下来，所有动物都被这鸣叫吸引。蜗牛听出声音里充满嘲讽，好像是专门针对它似的，不过，由于蝉的知名度太大了，蜗牛成了它的粉丝。它决心冒着被羞辱的危险，也要去邻近的树上见蝉一面。

它开始风雨兼程。

等到了邻近的大树，蝉却已经离开，它见到了另一只蜗牛。两只蜗牛面对面时，主人第一句话就是："站住，这是我的地盘，先得听听我的规矩!"

来客只好说明来意，主人却垂头丧气地说："那只蝉，唉，要是它能遵守我的规矩，我们会合作得很愉快的，偏偏……它已经远走高飞啦!"

男儿膝下有黄金

黄毅悄悄起床，扶着墙来到儿子黄翰的门外，透过门缝往里看。这一看，他惊呆了！屋里没开灯，月光照着一个黑糊糊的影子，正对墙跪着，还用手扇自己耳光。儿子这是在干啥呀？黄毅回到自己屋里，百思不得其解。他决定先不声张，观察观察再说。可第二天晚上，儿子仍然扑通对墙跪下，啪啪扇自己耳光。黄毅想起十年前自己在外打工的事情：工程完工，老板拖欠工资，眼看民工们的血汗钱就要化成泡影。黄毅带领大家堵住老板要钱，由此招来报复。一天夜里，几个地痞对他拳打脚踢，还强迫他跪下求饶。他坚决不从，一个地痞就在他右腿膝盖上划了一刀，一阵剧痛，他差点就跪了下去，但还是竭力用左腿站住。如果不是他混乱中捡起半截砖头，可能左腿也保不住。他经常教育儿子：“男儿膝下有黄金，千万别给人下跪！”右腿残废以后，他只好上街摆摊，当了鞋匠。老婆死得早，他就跟儿子相依为命，希望全寄托在儿子身上。儿子怪怪的举动着实让他担心，所以他整夜都没合眼。第二天，出门之前，他瞄儿子一眼，试探着问：“翰儿，这几天没什么事吧?”黄翰回答道：“爸，我正想向你借五十元钱。我保证不乱用!”黄毅给了他钱。儿子走后，黄毅心里更不是滋味。他一边想着儿子，一边上街摆好摊儿。马上就来了一个修鞋的客人，黄毅接过鞋，魂不守舍地说：“究竟是怎么了呢?”“你是师傅，不会自己看呀!”“今天不修鞋了!”黄毅猛地把鞋扔给顾客，收起工具箱就走。客人生气了，黄毅这才反应过来，连连道歉。然后他径直来到学校，找到班主任李老师。李老师说：“半月前他打了同学，还受到处理，打那以后就像换了个人。现在一门心思学习，一下课就缠着老师请教问题。”黄毅讲起这几天的怪事来。李老师大吃一惊，猜测说：“莫非他得了梦游症？还是带他到医院检查检查吧。”黄毅只好心事重重地回家，焦急地等着儿子。儿子回来时，天已经黑了。黄毅闻到一股卤菜的香味，一看儿子手上，正提着一包东西。儿子把他请到桌边坐下，又拿盘子又拿碗，将两样菜装好，还为他倒了一杯酒。但是黄毅脸色越来越难看。他想，这叫不乱用吗？本来家底就薄，自己收入又少，儿子还自作主张买这些酒菜，哼！他正要发作，却见儿子手里捧出一样东西来。生日蛋糕！黄毅心里一暖，眼睛就有些模糊起来。儿子大了，懂事了！儿子却不入座，只在桌前站着，静静地瞪着他看。突然儿子扑通跪下来，泪流满面。“翰儿，你这是咋啦？”黄毅不解，起身问道。“爸，今天是你的生日。你每天太辛苦了，你忘了，我可没忘！”“可你别跪呀，男儿膝下有黄金！”“上跪天地，下跪父母！我决不跪别人，今天就要给你跪一次！”儿子很坚决，在地上跪得直直的。黄毅跌坐在板凳上，弄不清原委。他边抹泪边问：“翰儿，我也不明白，这几天深夜你为什么对着墙跪，究竟发生了什么事？”儿子抬起泪眼，说：“爸，你都看见啦？我那是在……练习下跪。”黄毅拍案而起骂道：“成何体统！男子汉顶天立地，哪有练习这种没出息行为的？”儿子却说：“爸，你十年前宁死也不给地痞下跪，是条好汉，我崇拜你！可是为了我，你竟然也下跪了……我练习下跪，是想体验你的痛楚！……半个月前我跟同学打架，就因为他瞧不起你，说你是个臭皮匠。我一忍再忍，他得寸进尺，还要我跪地求饶，所以我跟他拼了。他爸是律师，巧舌如簧，我们虽然有理，却说不过人家。爸，我害得你赔了不少医药费。是你在校长面前跪着求情，我才没被开除……我再也忘不掉那天的情景，你只有一条腿，跪的时候那么艰难……”后面全是爷儿俩的哭声，凄凉而又痛快。

城堡之战

孟中建变成了一只马蜂。他向上飞，越飞心跳越快。

城堡就在空中，他飞到守门人跟前，守门人问：“留学、旅游、打工、安家，你是哪种？”孟中建说安家。

“欢迎欢迎！我们正需要壮大队伍！”守门人说。

“是与另一个马蜂群打仗吗？”孟中建不解地问。

守门人说不是，马蜂之间关系总是很好的，恰恰是地上的人对马蜂总存在偏见，见一个马蜂窝就捅一个。马蜂们必须自卫还击才行，所以得招兵买马。

守门人拿出很多号牌，让孟中建抽签。孟中建欢天喜地，立即抽中308、309、310三套紧挨着的住房。办房产证只花了一分钟时间。他进入住房，感到宽敞明亮，里边物品一应俱全，沙发和床都很豪华，甚至还备了电视，安了电话，接了电脑。孟中建想，唉，早该想到变马蜂了！

他决定说服老婆也变成马蜂，就拿起电话，给她拨过去。听筒里响起“嘟——嘟——”的长音，原来马蜂给人打电话也成！可老婆半天也不接。他这才想起，昨天两口子吵架时手机掉进水池里，不能用了。孟中建又打开电脑，发现老婆的QQ图标是亮着的。于是他们聊了起来。

“你个死鬼！我找不到你，都报警了！”老婆又惊又喜地说。

“没事的！我正享受着呢！”他发了个得意的表情过去。

“你一分钱没带，能享受什么呀？快回家吧！今后我保证不跟你提购房的事了！你是我的主心骨，你不在，我好怕！”孟中建看了这行字，想到老婆到处找他，心都揪在一起了。

孟中建两口子住的是楼房的楼梯下边，那是住户们堆杂物、放自行车的地方，人家看他们可怜，就答应他们在那里暂时栖身。他把自己如何变成马蜂，如何有了三套住房的情况给老婆说了。

“你等着，我马上去接你!”孟中建敲下这几字，就飞向城里去了。

老婆孤零零地站在蜗居前。孟中建扇着翅膀，绕着她飞了三圈，她这才明白过来。她用双手小心地把他接住，他在她的掌心停下。“是你吗?”老婆怀疑地问。“是!”他笑嘻嘻答道。这虽不能叫“衣锦还乡”，也算得上“满载而归”吧。

孟中建拿出三张房产证，摊开放在她的手上。老婆还以为是三粒芝麻呢，好在家里有个放大镜，她对着房产证一一读起来。

突然，老婆哭了，边哭边喊：“我终于有房子了！马上搬家!”

他纠正道：“不是搬家！你变成马蜂就行，什么也不用带去!”

正说着，老婆突然消失，孟中建身边又多了些嗡嗡的声音。她真变成马蜂了。其实变马蜂很简单，有强烈愿望就行。

他们恋恋不舍地离开曾经一起生活的那个“家”。

飞到城市边缘，接近城堡时，孟中建突然感到一股强风扑面而来。他吓了一跳，赶忙向高处飞，这才躲过一劫。

定睛一看，发现有人正用手抓他。这个人长得肥头大耳，脑袋中央寸草不生，是个秃子。孟中建认出来了，原来是城里最大的房产商钱老板，他那辆耀武扬威的豪华宝马车就停在路边。

“钱总，你怎么敢惹马蜂呀?”有个娇滴滴的女子陪在钱老板身边，见他竟然空手去抓马蜂，惊叫起来。

钱老板大笑，说：“在这个城里，我没有不敢惹的，何况它是一只小小的马蜂!”

为了在女子面前证明自己的胆气，钱老板猛一伸手，又向孟中建老婆抓去。

危急关头，孟中建奋不顾身冲向钱老板的秃头，狠狠一蜇。

“哎哟!”钱老板忙缩手捂住脑袋。但他在美女面前丢了面子，就命令身边的两个保镖：“他奶奶的！快找家伙，把这两只马蜂打死!”

两个保镖身手了得，又很卖力，用手在一棵树上咔嚓一劈，树枝就成了武器。孟中建两口子拼命往上飞，可保镖的树枝一扫就形成一股向下的旋风，哪里逃得了。

孟中建绝望地想，现在有了房子，自己恐怕也享受不了了。

老婆已经累得不行，眼看就要掉落在地。孟中建突然回身，借着风力，振动翅膀向保镖脸上扑下去。马蜂不但不逃，还像暗器一样袭来，这让保镖大感意外，两人都情不自禁用手护住眼睛。

在这当儿，孟中建与老婆才逃了出去。

望着越飞越高的马蜂，望着高高挂着的马蜂窝，钱老板气急败坏地骂了一句："他奶奶的！"

孟中建两口子飞进城堡。他老婆一直惊魂未定，为了让她忘掉刚才的不愉快，孟中建带着她参观新家。现在，他们不愁没房住了。两口子兴奋地在三套住房里轮流住宿。老婆还将三本房产证拿在手里，像看连续剧一样哭哭笑笑。

第二天早上，孟中建和老婆正睡得香，城堡突然发生"地震"。原来钱老板和他的保镖又来了，正指挥几名工人捅马蜂窝呢。

"哈哈，我要捣了你们的窝，再盖上房子！"看着乱飞乱撞的马蜂，钱老板别提有多高兴，头上被蜇的地方鼓起一个又大又亮的包，那仿佛也闪着得意的光芒。

所有马蜂开始用刺还击，可无济于事。

完了，城堡！完了，天堂！

孟中建飞到钱老板面前，但钱老板早有准备，他举起两张网拍，准备置马蜂于死地。

可是，让他吃惊的事情发生了，只听这只马蜂说："钱老板，何必这么绝情呢，放过我们行吗？我们这些马蜂有不少都是人变的。"

钱老板呆住了，紧张地瞪着孟中建，很奇怪一只马蜂竟然可以说话。

"要不，我们谈判好吗？一人做事一人当，昨天是我蜇了你，我愿随你处置，但你得放过别的马蜂！"孟中建又说。

钱老板想了半天，最后什么都明白了。他大笑起来，全身的肉都在抖动。他说："你为了有房子，就变成马蜂是吗？可你知不知道，一旦变成马蜂，你就失去人的力量，怎么跟人谈判？再说，人都变马蜂了，我的房子能卖出去吗？马蜂窝我是捅定了！"

说罢，钱老板呼地出手，两张拍子把孟中建夹在中间。

他老婆在空中见了，悲痛欲绝。

钱老板暂时不想让孟中建死掉，看着网拍里的孟中建，他用拇指碰了碰他，挑衅地说："蜇我呀！蜇我呀！小样儿，你怎么不蜇了呢?"

孟中建疼痛难忍，他看了看摇摇欲坠的城堡，闭上眼睛等死。

突然，地面上又飞起无数的马蜂来，所有的马蜂都扑向钱老板，钱老板脸上迅速肿了起来。他和保镖赶忙钻进宝马，落荒而逃。

孟中建很纳闷，可后来明白了。刚才那几个被钱老板请来的民工不见了，周围本来有不少围观的人，也不见了。原来，愿意变成马蜂的，还大有人在呀！

一张惊悚碟

这套住房很大，但只有一个女孩住在里面，这会儿她已经入睡了。

女孩叫郑虹，很喜欢看爱情剧，所以经常是看着看着就睡着了，她的沙发很大，反正房间里就她一人，沙发和床有时候是一个概念，所以她经常在客厅的沙发上睡到天亮。

碟片散放在机柜上。深夜两点，突然影碟机自动打开了，一声沙哑的喘息声响起，屏幕里出现一个鬼怪的形象。与此同时，房间还有另外一些声音，也就是说，并不是从影碟机里发出来的声音。

“天啦！你为什么要更改我的内容?”一个女性的声音问。听起来似乎很痛苦也很不满。

“我想更改谁的内容就更改，好玩!”一个男性的声音回答，满是洋洋得意。

“我本来是爱情剧的碟片，可现在已经有了你惊悚碟的内容，郑虹会吓着的。”

“你怕她吓着？我正想她吓着呢。一定很好玩!”

女性的声音原来是一张正在影碟机里的碟片发出来的，它正在播放爱情剧，郑虹这几天都在看这些连续剧，正入迷呢。可现在剧情突然有了变化，人物仍是那班人物，但性格与以前全然不同，带上鬼里鬼气的东西。爱情剧问那个捣乱的惊悚碟：“你是怎么搞的鬼，害得我内容变味的?”

“我的碟片里带着一种新研制的程序，只要与其他碟片距离不超过一米，就能自动把我的内容辐射进去，将其扭曲。这正是我的先进之处!这就好比瘟疫一样，可以从这个人传到那个人的体内。认了吧!”惊悚碟大笑起来。它的声音在房间里显得很恐怖。由于声音太大，郑虹从沙发上醒过来。“咦？我睡前没关影碟机吗？”她奇怪地看着屏幕，睡意全无，又开始看了起来。

男主人公与女主人公发生了误会，两人在夜里争吵。突然，男主人公给了女主人公一耳光，而女主人公转过身来冷笑，样子有些怪异。接着，她扑向男主人公，张嘴就咬，屏幕上是一张变形的脸的特写，牙齿好像长了不少。这下，郑虹呀地尖叫一声，赶忙把脸捂住。等她把手移开，再看屏幕时，男主人公头上有不少鲜血。难道女主人公真的咬了他？

这怎么可能？在前面的剧情中，两位主人公都是很有修养的知识分子，怎么可能动手打起人来？这还不说，怎么可能张口就咬呢？这太可怕了！

郑虹抬眼往房间里看，客厅大大的，所以显得有些空洞，窗户外边很暗，透进淡淡的光线，而屏幕照出的光也不强，所以房间里弥漫着令人发慌的气氛。产生这样的感觉还是第一次。

郑虹不敢看，赶忙一摁遥控器。房间里顿时漆黑一片。可她经过刚才的惊吓，哪里还醒得着！就坐在沙发上，战战兢兢地瞪着眼，生怕角落里会扑出什么东西。

偏偏就在这时，房间里再次响起喘息声，越来越大。郑虹的心跳迅速加快。突然，房间里发出一种玻璃制品砸落在地的脆响，大概是花瓶倒了，在深夜简直是惊天动地。郑虹惊恐万分，尖叫起来，把头直往沙发里躲。

声音并没停下，有人在地板上走动，有人哗地扫落桌上的东西，有人嘿嘿怪笑，有人格斗起来，有人骂，有人哭……

郑虹吓破了胆，她冲向电灯按钮，随着啪的一声，房间里变得通亮，而什么声音都没有了。郑虹站在客厅中间，地上既没有什么玻璃碴，桌上的东西也原封不动，更不消说有人进来过。郑虹真不知刚才该如何解释。

她再也不敢自己一个人睡了，拿起电话，拨了一个号码。

“喂，令狐云，你到我这儿来睡吧……我怕！”

不到十分钟，敲门声响起，郑虹把一个青年男子让进客厅，并一下子扑进他的怀里。她向他讲述刚才的经过，但男子显然不信。为了谨慎，他四处查看了一下，然后哄郑虹说：“乖，不怕，有我呢，你就好好睡吧。”

两个人和衣躺在沙发上，郑虹抱着令狐云，一会儿，她睡着了。一晚上，并没有发生第二次恐怖场面。

第二天一醒来，郑虹脸腾地红了。她从令狐云怀里挣起来，把他也弄醒了。郑虹说：“你昨晚……没对我做什么吧？”

令狐云说：“没有呀！就这么抱着你，我已经很满足了。”

这是实话，他追求郑虹已经半年了，可郑虹一直若即若离，就跟诗里写的一样：“东边日出西边雨，道是无晴却有晴。”这一夜对令狐云来说，真是太美了！能拥着心上人入睡，真切地听着她细细的鼻息声，闻着她身上的香味，这种感觉令他久久不能入睡，几次产生冲动，但都恰到好处地控制住了。他可是个风度翩翩的绅士！

他与郑虹的恋爱由此翻开新的一页。令狐云心里别提有多高兴了！

“今晚你别来了，昨晚可能是一个噩梦……”郑虹轻声说。

令狐云有些失望，他还是点点头，然后说：“郑虹，你有事就叫我！”

郑虹细想觉得昨晚只是噩梦，因为明明听到玻璃打碎的声音，可房间里一切好好的，她认为自己是把梦与现实弄混了。第二天晚上，她又看起那部爱情剧来，可不知怎么的，开始的剧情很正常，一到深夜，里面的人物就扭曲了，剧情就变味了，后来又出现暴力和血腥的场面。郑虹的心跳又开始加快，早早关机，准备入睡。

郑虹眯缝着眼，哪知在似睡非睡之间，客厅里有什么影子一闪，她猛地睁开眼，只见黑糊糊的房间里有几条影子在晃动，好像在争抢着什么。这时，满房间充斥着魔鬼的声音：“归我，谁也别想得到！”“不，是我的！”“你不想活了，跟我抢！”……

这可不是噩梦！郑虹吓得昏了过去。

一阵敲门声把她惊醒了。她呼地爬起身，摁亮电灯，把门打开，随即扑向来人的怀抱。来人当然是令狐云。他感受到郑虹的身子急剧地发抖，就不停地安慰她。好一会儿，郑虹的情绪才平定下来。她突然想到什么，问：“你怎么会来我这里？”

令狐云拿起她放在沙发上的手机，只见上边显示出已拨电话，正好是刚才打给他的。他说：“你今晚肯定早就有些担心，害怕再出现昨晚的事情，所以手机一直拿在手里，而且把我的号码调出来，只需要一按发射键，就拨出去了，是不是这样？”

郑虹这才想起的确是这样。她不好意思地低下头。

“看来，你需要我的保护。还撵我走吗？”令狐云问。

郑虹赶忙摇摇头。这一夜，他们仍然和衣睡在沙发上，一直到天色大亮。

郑虹很想知道，在自己家里突然闹起鬼来，且是两个晚上，这是怎么回事呢？好在自从令狐云搬过来住以后，一切都跟以往一样了。他们正式同居。

两人公开了恋情，俨然一对新婚夫妇。周围的人都觉得他们很般配，你侬我侬，恩恩爱爱，日子过得有滋有味的。有些人已经等不及了，提出要吃他们的喜酒，正当此时，他们的感情却有了裂缝。问题出在令狐云，他有外遇了。

郑虹悲痛欲绝。她极力想挽回局面，但是令狐云非但不回心转意，反而借机提出分居，准备从郑虹的家里搬出去。

郑虹求道：“云，别离开我，我怕闹鬼……”

令狐云却说：“你家的鬼跟我有什么关系！”

“真没关系吗？”郑虹问。

令狐云不答。

“你要走的话，就再陪我看一次碟片吧，就一次！”郑虹苦苦哀求。

“这是为什么？看碟片有什么意义？”令狐云不解，但想想这能办到，就耐着性子坐在沙发上。郑虹抹掉泪水，到影碟机前翻找起来，末了，她将那张惊悚碟放入影碟机，转身对令狐云说：“记得吗？这是你送给我的，当时我说自己从不敢看惊悚碟片，你还是要送给我，说想看就看看，不想看就放你那儿行了。我还从来没看过这张碟片呢。今天，我就和你一起看，也不枉你送给我。”

令狐云看了看，没说什么。

屏幕里立即充斥着一些可怕的镜头，鬼呀怪呀，狼呀虎呀……但是郑虹看着这些镜头，丝毫没被吓住，大概她正伤心至极，并不觉得恐怖吧。

接着影碟机突然停下了，屏幕一片黑暗，可房间里隐隐现出鬼影来。那情形，就跟放3D电影相似，鬼影在房间里奔来跑去，各种恐怖的声音一时大作，这要在平时，郑虹哪里敢看，还不吓昏过去才怪！

令狐云倒是吓得发起抖来，他大汗淋漓，不停地揩，可怎么也揩不完。因为这些鬼影好像全冲着他扑过去一样。

还没放上半小时，令狐云突然扑通跪在郑虹面前，连连说："郑虹，我错了！我其实很爱你，原谅我吧！"

郑虹嘴角轻轻一笑，她一摁影碟机，房间里归于平静。

从此，两人又恢复了恩爱。很快，他们结婚了，两人的感情超乎平常夫妻。

一天，郑虹拿着那张惊悚碟到碟行里去。

"姐们，早该归还了，害我等了这么久，误了不少生意！"一个和她同龄的女人亲昵地从她手里抢过碟片。

"这碟片真神奇！"郑虹赞叹道。

"怎么不是！它既能通过近距离辐射更改其他碟片的内容，还可以不借助影碟机而自动放映3D画面，使房间里产生人们想要的真切场景，这科技的确很先进的。"碟行的女人答道。

郑虹不放心地问她："你说，令狐云还会变心吗？"

碟行女人连连摇头，说："放心吧。他起初买这种碟片送给你，就是听了我们的宣传，想把你吓进他的怀抱，借此加快你们恋爱的速度。这说明他的确对你有爱情。可他哪里知道我跟你的关系，很快我就把此事告诉了你。你呢，也早就爱慕着他，苦于不好表白，全靠我的这张碟片，你们才走进一间房子。你有情他有爱，这就好办！"

郑虹却说："可他后来还不是越轨了？"

"不怕！后来，我不是又跟你建议，在惊悚碟里重新下载程序了吗？这种程序更强，可以将买碟人的意愿直接辐射进看碟人的内心，左右人的观念，而且根深蒂固。他的心已经坚如磐石，对你一往情深了。你得感谢我呀！"

郑虹羞涩地低下头去，满心甜蜜。

零点二条生命

大地震过后，有个这样的传闻：一名男子身体完好无损，但精神受了刺激，居然天天模仿别人的声音。我的好友是记者，对这件事十分热衷。那天，他硬拉我一块去采访那个怪人。很快小车进了村子，在一个地震棚里找到了他。

怪人不怪，举止得体，谈吐不俗。好友问："听说你地震后，张口就模仿别人的声音？"

怪人答道："这不是模仿。"

"还听说你只能模仿死去的朋友说话？"

"这不是模仿！"

怪人连纠正两次，好友不以为然地说："我们想现在听听，可以吗？"

只见怪人点点头，眼睛注视自己心窝良久，很有礼貌地说了些话，好像在征询某些人的意见："坤哥，刘程，苑妹，还有王牌，有人来采访我们了，都醒醒，说几句话好吗？"

这个举动很令人费解。好友想到什么，他提议怪人模仿地震时的情景。怪人神色一黯，但还是同意了。

突然一个凄厉的叫声响起，是个年轻女人，我觉得脊背发麻："刘程，我的腰被砸了，你在哪里？"这个声音越来越微弱，而另一个男人说话了："苑妹，你要坚持住！我怕不行了，我的头在流血，我们来生还做夫妻……"这时人声消失，一条狗开始呻吟，声音很弱。继而一个大嗓门骂骂咧咧，他先唤狼狗，狼狗叫王牌，呜呜应了两声。大嗓门拼命说着话："都出声呀！会睡死的！刘程，苑妹，陈明，还有我的王牌，别迷糊下去！"说着说着，他哭了，他的粗嗓门哭得很响亮。

我和好友为之动容，好似身临其境。

我们盯着怪人看，只见他起初像女人一样身子轻颤，嘴唇哆嗦，然后他用手捂住头部，好像脑袋在流血，紧接着像狗那样伏到地上，最后又起身变成大嗓门。若非亲眼看到亲耳听到，打死我也不信刚才那一幕是他在模仿。真是惟妙惟肖！

怪人满脸是泪。他说，那个大嗓门叫坤哥，而他就是陈明，地震中先是昏了，很久才醒过来。他们一共四人，都是高中同学，关系很铁。后来刘程娶了苑妹，坤哥发了财，仍时常到他家聚会。那条狼狗王牌是坤哥的，有一次怪人陈明被几个扒手围攻，恰巧坤哥带着王牌经过，是它吓跑扒手救了他。

“所以你想通过模仿，永远记住朋友们的音容笑貌吗？真是用心良苦！”好友问。

“我再次申明，这不是模仿，是他们都活在我的心里！”怪人生气了。他说，地震发生时，他们正在聚会。突然房屋倒塌，大家都被埋下，王牌也一样。陈明醒来后脑袋嗡嗡直响，然后听见有人问他：“你的朋友都要死了，而你受伤最轻，你是愿意跟他们同死，还是独活？”

“我愿意同死！”他回答道。

“好！你回答得有令人满意，说明你很重友情。既然如此，你就不用死啦，他们也不用死啦，你们平分一条生命吧。”

“平分生命？”他不解，就问那个神秘的声音。

“就是四人一狗的灵魂都附在你体内，大家各得零点二条生命。”

他郑重点头，然后发觉心窝像触电一样麻了四次。周围死一般沉寂，他在废墟下熬了三天三夜。被救起时，他一张嘴，不想接连发出四个人和一条狗的声音。顷刻间他明白了，那不是幻觉，是真的。从此他们在同一个身体之内，交替沉睡和苏醒。

能以这种方式拯救朋友，他由衷地感谢上苍。他认定，在他即将死去那一刻对他说话的那人，一定是上帝！

“是上帝，上帝在对我说话，上帝让我替朋友们活着！”怪人陈明煞有介事地说。

真是不可思议！我和好友如听天方夜谭一般，既不敢相信，也不敢不信。

这时候地震棚的门开了。一位老太太颤巍巍地走进来，身后跟了个志愿者扶着，原来她的眼睛是瞎的。

“娘，儿子没事!”怪人陈明跪下去，紧紧地抱住老太太的双腿。

老太太仔细听着怪人说话，终于她喜极而泣，说：“坤儿，是坤儿，我的坤儿还活着！阿弥陀佛!”两个人抱头痛哭。

“咿咿，呜呜，汪汪!”不想，这时怪人嘴里又冒出王牌的叫声，而且他四肢着地，还用头颈去蹭老太太的腿。

“王牌也活着，真是福大命大!”老太太笑起来。

怪人又站起身来，用三种声音对老太太打着招呼：“伯母好，我是刘程……还有我，我就是帮你下过厨的苑儿呀……还有我，陈明!”

老太太欢天喜地，她听出这都是儿子的好朋友们。

而这时，除了呆若木鸡的我、好友和志愿者，老太太面前仅有一个人。

城市之夜

城市之夜是灯火灿烂的，然而灯火灿烂的城市之夜是别人家的，是美给别人家看的。比如现在，这条胡同，黑咕隆咚，才是自己的，唐震就这么想。

一个女子慌慌张张走过来，不断回头看着。唐震从大树后猛地跳出，用刀子抵住她的心口，压低声音说：“把钱拿出来！”

女子乖乖摸出钱来，放到唐震手上。唐震只取了十元，把另外五百退给女子。

“哥子，你咋只抢十元呢？都拿去嘛。”女子知道，对劫匪好点会有好果子吃。唐震看了看那五张百元大钞，犹豫片刻，却还是只要了十元钱。他必须坚定信念，只解今天的燃眉之急，等把饿得发慌的肚子填饱，就赶快找一份工作去，度过在外闯荡的第一个难关。此刻他想匆匆离开，就说：“这……算向你借吧。十天后，我会将钱放在树洞里，请你自家来拿。我借钱不还就是龟儿子！”

女子听了，突然伸手来抢刀子。唐震忙向后缩，还是伤了她的手。刀子跌落在地，没有发出金属的声音。女子咯咯一笑，说：“刀子是竹篾削的。”

唐震无地自容。

“哥子，听口音，你也是四川人哇？”女子问。这让唐震一怔，刚才没怎么注意。女子自我介绍说，她叫小青，是出来打工的，就租住在附近。还说，哥子一定有难处了，家乡人应该互相帮助才行，那十块钱算她请客，她要带他去吃饭。唐震眼里有些潮湿，硬是把十块钱还给小青了。

小青静静注视着唐震，幽幽地问他：“要是明天哥子还找不到工作，你会真去抢劫吗？”

唐震无法回答，其实从法律上讲，他今晚的做法已经是抢劫了。说的是“借”，可哪有这么借的？他想答得干脆些，答得响当当的，却连自己都无法相信。不过，在长时间沉默之后，他还是使劲地摇了摇头。

小青叹道：“哥子好骨气！”她已决定，今后要和眼前这位哥子一起找工作，一起打工。接着她又像是下了很大决心，说有件要紧的事要办，办了再去吃饭。

她拉起他，顺着原路返回。唐震乖乖地跟着走。他们进了一个小区，来到一栋楼前，小青敲响了101号的房门。一位老太太开了门，见到小青，她笑呵呵地说：“哟，你这个能说会道的丫头！这么晚了，还准备卖点啥子东西给我？”唐震一听，老太太也是四川人。

“太婆，我想要回那对手镯……刚才我说是妈老汉儿留下的传家宝，都是骗你的……我手头缺钱，才走这条险路，请你原谅我好吗？这五百元钱，我全部退还给你。”小青低着头，只顾说，却不知旁边的唐震和老太太全都惊得张大了嘴巴。

唐震想，原来小青是骗子！

老太太忙抬起手腕，对着灯光仔细打量手镯，脸色越来越阴沉，她气愤地抹下手镯，扔给小青，说要报警。小青扑通跪在她的面前，唐震本来就战战兢兢，腿一软也跪了下去。老太太问小青骗到钱了还回来干吗，小青哭着说，这是她第一次行骗，幸亏遇上了哥子，使她明白该怎么做人，就后悔了。然后她将刚才遇劫的事情讲了。

敢情这两人一个骗一个抢呀！老太太见他们态度恳切，就说：“浪子回头金不换！能够迷途知返，这很好，我也不再追究。”

出了老太太家，唐震情不自禁牵住小青的手，两人感觉到从未有过的幸福和轻松。

“走！吃包子去，就用这十块钱，庆祝咱们挺过考验。”小青说。

“要得，明天哪怕捡垃圾过日子，也不走歪门邪道。”唐震说。

这一刻，他们尽管只有十元钱，却觉得自己是亿万富翁。他们互相追逐起来，嘻嘻哈哈，笑声在夜色里荡漾。他们从黑暗的角落直跑到光明的大街上。

身后传来老太太气喘吁吁的喊叫：“回来！快回来！你们住我这里吧，我可不收家乡人的房租！”

劝导

这天晚上，我骑着自行车刚到城边的一个桥头，突然，路边一男一女把我拦住。

我打量他们，他们三十多岁，一脸焦急。那女的先说话："先生，可不可以麻烦你一下？不会太多时间，而且我们会给报酬的。"

男的郑重地点头。

我很诧异，就问他们是什么事情。那女的指着桥中间说："那是我女儿，正读初中，她……她跟我们吵了一架，就甩门出来了。我们找了很久，才发现她在这里。可不可以请你去劝劝她？"

那男的立即补了一句："就一会儿，不管你劝得了劝不了，我们都付酬金，劝不了你拿一百块钱走人，劝好了加倍。我甚至可以先付定金。"

我有些犹豫，说实话，我现在也有事，而且是一件很重要的事。但我还是决定答应他们，去试一试。

只是我不太明白，为什么他们不自己去劝。女家长说："我女儿脾气很烈，她在电话里说，只要我们去找她，她就从桥上跳下去。"男家长又补充说，知女莫如父，女儿说到就能做到。所以他们都不敢轻举妄动。

我问了些主要情况，然后骑着自行车慢慢接近女孩。

女孩正在路灯下望着河水发痴。我停下车，就在旁边冲她打招呼："喂，小姑娘，这么晚了，你一个人在这里，不怕遇着坏人吗？"

女孩白了我一眼，回敬道："要是有坏人，就是你了。"

我笑了笑，干脆把车架住，然后走拢去。她向后退了一步，戒备地看着我。这地方是荒僻地段，几乎没有路人，她肯定还是害怕的。我劝道，她应该回家去，家里多安全呀，有爸爸妈妈呵护着，孩子就是父母手中的宝。可我才说几句，女孩就反击说："什么手中的宝，其实就是无足轻重的东西，就是他们的算盘珠子，在他们眼里，只有钱！”

我问她为什么这么说，她就像倒豆子说了一大通。她说，爸爸开公司，每天就只能听到支出多少，进项多少；妈妈开服装店，连吃饭时说的都是衣服的标价。除了谈事业，他们就谈娱乐，打麻将昨天赢了多少今天输了多少。不管女儿要什么，他们倒都很痛快，嘴里就爱说：“不就是钱嘛！”女儿在家里，天天就听到这个“钱”字，总觉得她没有那个“钱”重要。

我脸上不禁热了起来。她这不是也在说我吗？

我开导她，父母天天说钱，那也是迫于生计，必须挣了钱才能抚养子女嘛。

女孩摇摇头，说：“你要是见我爸妈，就知道他们有多俗了，肯定三句话就说到钱上去。”

我心里暗叹，还真是这样！

我装着什么也不知道的样子问她：“这么说，你和父母吵架啦？究竟是怎么回事，给叔叔说说如何？”

于是女孩就把这几天发生的事情说了一遍。本来学校规定不让学生带手机进校，可女孩想要，父母二话没说，就给她买了个苹果 iPhone。女孩自然高兴，可没过半月，手机就在学校里被盗了。她不好跟老师说，就回家跟父母哭诉，哪知父母一拍胸膛，连说“不就是钱嘛”，立即又为她买了个更好的 iPhone4S 手机，弄得女孩不知是喜是悲。只是今晚上，就在她往手机里输联系人时，母亲发现有个可疑的男孩名字，一再追问。女孩说是同班同学，关系普通，但父母咬定其中有问题。双方越说越气，她就一甩门出来，扬言要去跳河。

我劝她说：“爸爸妈妈为你买这么贵重的东西，多爱你呀！”

“这不是爱！”女孩一口否决了。

我惊愕不已，连问为什么不是爱。她说：“弄丢那么贵重的手机，其他家长早就骂开了，可他们却不以为然，我记了个男生的手机号，他们就紧张得不得了。真是该骂时不骂，不该骂时偏骂，爱不是这样的！”

这女孩真不简单，她说得挺不错。我说：“我也是个当家长的，本来想劝导你，教育你，没想到被你教育了一番。你的话我很赞同，但是，你可不能想不开，干什么傻事呀！”

女孩向桥的两头望了望。我也望了望，发现女孩的父母模糊的影子晃了一下，就隐藏到树丛后边去了。

“那是我爸爸妈妈。”女孩说。

我想，这下完了，费了这么多唇舌，眼看要功亏一篑。我生怕她受刺激后会往河里跳，就离她更近了些。

女孩的确很激动，她冲父母大喊道：“你们来了，就出来吧！”

两个家长只好慢腾腾走过来。

女孩问：“你们为什么躲躲藏藏的？”

两个人就说，是怕乖女儿一急跳进河里。可是出人意料的场景发生了，女孩没往河里跳，而是扑进妈妈怀里，哭着说：“你们不来找我，我才会一急往河里跳呢。其实我一直在等你们出现，因为我心里好害怕。”

三个人抱头痛哭。

我眼里含着泪水，赶忙趁热打铁，对女孩的父母说：“请今后多把精心放在孩子身上，多关心她，少在她面前说钱什么的——她希望你们这样做！”

他们连连点头，虚心接受教育。

我终于看到一个圆满结局，心里很高兴。女家长领着女孩回家了，男家长继续和我待在一起。我立即明白他是想付我今晚的报酬。果然，他掏出两百块钱交给我。

我推了回去，责怪他说，刚刚才保证不提钱，现在就来了。不过我又说：“其实我今天晚上出来，也是有一件非常难办的事情：我儿子也读初中，由于疏于管教，成了个淘气包，在学校里惹不了少事，我多次被请进学校。现在他迷恋上网，成天待在网吧里，拉都拉不出来。我想，你也帮我去教育教育他，行吗？如果有必要，我倒付你酬金。”

男家长立即答应了，却摆摆手叫我别再提钱，又问我儿子在哪里。我指了指离桥头不远的一家网吧，然后将一张随时揣在身上的照片交给他。他真的就走进网吧去了。

我等在外边，希望能看到男家长与儿子一起出来。

很快，他们的确都出来了，只是，是男家长用手拎着儿子的衣领出来的。我听见男家长说："你这个偷手机的贼，我可抓住你了！竟然连我女儿自拍的照片也不删，铁证如山，看你怎么抵赖！走，到你爸跟前去说！"

天啦，我的头都大了！

疼痛银行

“听人介绍，你们这儿有一家疼痛银行?”

“你看不见那块大大的招牌吗?”小姐居然很傲慢。这也难怪，全世界只此一家，别无分店。

他试探着问：“听说你们可以将疼痛转移?”

“疼痛银行有两种主要业务：第一种，你可以将疼痛储蓄起来，像存款一样，然后在你认为最合适的时候取走，零存整取、整存零取都行，当然你会为此付出一大笔费用，而且你必须在生前全部取走，否则会强制你的亲人承担；第二种，你可以将你的疼痛像转账一样转移给另一个人，前提是他乐意接受。”小姐像背台词一样滔滔不绝地介绍起来。

他正想问怎么转移，这时窗口来了两个人，其中的大个子不客气地挤了他一下，趴到窗台上，大声说：“我办理转账。”

小姐瞟了大个子一眼，嘴角一乐：“好的，如果我没记错，先生你是第三次过来办理这种业务了。”

“我有钱啊。”大个子拍拍自己的腰包，“你们这银行开得不赖，前几天我胃疼得不行，过来办了一个转账业务，咦，真是神了，现在十瓶八瓶啤酒喝下去，这胃也不疼了。”

“可另一个人会疼。”小姐打断他的话，“先生，我们已经收到接受你胃疼的那位先生的投诉。你要知道，你一喝多，他就又吐又泻，胃疼得特别难受，你不要违反双方签订的协约。”

“那是，下次我一定注意。”大个子知道自己理亏。

小姐问：“请问先生这次需要办理哪一项疼痛转移?”

“嗨，跟小姐你还不太好说，我这人什么都不怕……就怕回家挨老婆拳脚，嘿嘿，所以……”

小姐轻蔑地看了大个子一眼，目光转向其身后的人，那是一个农村少年，老实巴交的样子，衣着朴实，看来急着用钱。

“好吧，先让我将协议念给你二人听听，考虑好了，就在上面签字，然后就一起去那边的转账中心。”小姐打印出一份协议书：兹有甲方XXX，乙方XX，甲方愿出人民币两万元整，将其妻子打骂造成的一切痛苦转移给乙方。乙方收取此款后，应承受上述痛苦。注意事项：甲方不能故意制造痛苦让乙方承受，一旦发现，乙方可到本行投诉，甚至提出中止协议。

他静静地站在一边看着，那个农村来的少年，手轻轻颤抖着，像下了很大决心才咬牙签了字。

“你是来干什么的?”小姐目送两人去了“转账中心”，转头问他。

“我也想办转账业务。我从小与母亲相依为命，经过多年的打拼才有了现在的幸福生活。可最近我查出自己患了绝症，我母亲也是多年积郁，精神一直不好，而且还有心脏病，经常胸闷，随时都有生命危险……我听说了你们这个银行，就想趁病还没到晚期，将我母亲的痛苦转移到我身上。这样，也能尽一份孝心，让母亲安度晚年。”说完，他轻轻地叹了一口气。

办好手续，他回家了，他不知道要怎么跟母亲开口。母亲也一副神色不安的样子，好像有什么话要跟他说。他终于先开口了：“妈，城西路新开了一家医院，治疗设备非常先进，要不明天我陪您去看看，我自己也顺便检查检查。”他知道母亲不识字，他没有说实话，怕母亲不同意。

母亲什么也没问，只是平静地点了点头。

第二天，母子俩一起走进了那家疼痛银行。

业务窗口的小姐热情地招呼他们：“先生来了，老人家，您也来了，请往那边去。”母子俩一起走进了“转账中心”。门砰的一声关上了，在暗红而模糊的光影中，几个穿白大褂的工作人员正在忙碌着。

转移马上就要开始了，他躺在工作台上，心里默默祈祷：“妈，祝您老人家身体健康!”

突然，他一身轻松，像脱胎换骨一般。他起身去看母亲，却见她倒在工作台上，人事不省。

他不解，惊叫着扑向母亲。他愤怒地吼道："这到底是怎么回事?"

"先生，我们答应了你母亲，要替她保守秘密。其实你母亲先于你来这儿办了转账手续，要我们将你的病痛全部转移到她的身上。"工作人员轻轻地说。

长板凳

我不喜欢太大的理发店。小，才有情味。那种由一个人打理的独门独户，进了里边，不管是慢悠悠地等待，还是坐上转椅由着理发师摆弄，都很不赖。有时候理发师不声不响，房间里只有剪子细碎的声音，有时候理发师絮絮叨叨说个没完，你懒懒地应上两声，这时光过得真是自在！

我也不喜欢老在一家店里理发，常常打一枪换一个地方。

这家店主三十来岁，正在忙活，我见长板凳上还坐着一男一女两个老年人，就犹豫着想退出来。她忙说："不会等太久的。"又指指老年人，说，"他们不理发。"

我也就不客气，在两个老年人中间坐了下来。偏偏这样，就进了一个很有趣的场景。

看样子刚才他们正谈论着什么，安顿好我之后，他们又继续了。店主问老大爷："吴叔，你的退休工资一定很高，是不是呀?"

那个吴叔笑道："有那么三千多块，不算高。"

"哟，还说不高，谁有你条件好呀！"店主恭维说。吴叔脸上多少有些得意，而此刻，老太太低头不语，但显然在认真听着。

"李婶，你看看，人家吴叔多谦虚！他是文化人，像绅士一样风度翩翩的，追他的人可多啦！"店主停下手中的剪子，回头看着老太太，然后喜形于色地说："好好好，吴叔，李婶肯定对你有意了。要知道，刚才那三个大爷，没一个让她笑过。李婶，你说是不是?"我这才弄明白，今天在长板凳上进行的是相亲节目，看来我坐得真不是地方。

李婶嗔怪地看了一眼店主，不过笑意又扩大了几分。

这吴叔打扮得油光水滑，精神很足，举止十分气派。李婶的脸胖胖的，慈眉善目，只是总像带着一缕忧郁。两人在一起，还真有夫妻相呢。

"吴叔，你可能不知道，人家李婶去年死去的老公也是文化人，家里书有一万多册。不信你问李婶。”店主说。

吴叔吃惊地看着李婶，李婶说：“他呀，就是个书呆子！天天都钻进书堆里，连头都不抬，所以命不长。他是文化人，但我只读了两年小学，是个文盲。”

吴叔连忙恭维起来：“跟那么有学问的人几十年，你的修养肯定低不到哪里去。”

李婶不好意思地笑了笑。店主马上接过话来，说李婶之所以对刚才那三个大爷看不上，就是因为身上沾了文化气，然后她喋喋不休数落起刚才那三个大爷的种种“不是”，目的当然是要突出李婶有眼光，她跟吴叔最相配。

我就坐在长板凳中间，竖起耳朵听。我想起自己与妻子也一同坐过长板凳，当时我们中间隔着一个媒婆。现在我莫名其妙坐在一对老年恋人中间，真是新鲜！人生总会坐一次长板凳的，也许是别人的安排，也许是偶然的邂逅。但愿这样的长板凳，只坐一次就够了。

气氛非常融洽，除了浮想联翩的我和正在任由店主摆布的那个顾客外，他们谈得很开心。

可就在那个顾客起身付钱，马上就轮到我理发时，李婶站起身，脸上的笑容荡然无存，她冲店主说：“小玉，我得买菜去了。”

店主小玉大惊失色，李婶这话无疑宣布了相亲的失败。

吴叔一阵错愕，然后哼一声先告辞而去。店里只剩下店主、李婶和我，店主忙不迭为李婶惋惜，说像吴叔这样的人选太少了，她应该珍惜才是。李婶低头不语，眼睛渐渐红了起来。她叹了口气，说：“小玉，就别再为我操心了！我也是被女儿劝说了多次才来相亲的，其实我只记着死鬼老公对我的好处。他活着时爱书如命，也让我养成这个习惯了，即使现在他走了，我也不忘每天帮他掸书橱的灰，他的那些书，我不让任何人碰，所以全都崭新如初。可刚才，你那个吴叔不小心碰掉一张报纸，他也不捡一捡，竟然一直把脚踩在报纸上。我心痛地想，他怎么就像没事人一样呢?”

是的，长板凳下边真有一张报纸，上面有个清晰的鞋印。

李婶走了，小玉默默无语地为我理发。

长板凳上一直空着，大家都希望发生的，并没发生。

复仇的学生

20多年前，我中师毕业，在一所中学教语文。当时我也只有18岁，比我的学生大不了几岁。

我第一次当了班主任，凭借洋溢着的青春活力，深得学生喜爱。可是，后来转来的那位，可就让我伤透了心。

他叫武余，跟我是一个乡镇的，正因为此，我才收留了他，从此他一天给我一个下马威，实在够呛！头天，武余就在我的课上看小说，我叫他起来站一会儿，他竟然不停地搞怪，引得全班哄堂大笑。当时，我恨不得给他两巴掌。

不久，武余往我的办公桌里放垃圾，过后又坚决抵赖。

接着，他悄悄在我的教学参考书里乱涂乱画。

然后，他在作文里直接宣称，他不喜欢我上课。

……

我忍无可忍，决心好好找武余谈话，跟他斗智斗勇。

武余被叫进办公室，样子很傲慢。我努力克制情绪，然后问他："以前你认识我吗？为什么都像是冲着我来的？"

武余说："我认识你，但又不认识你！"

我不懂这话是什么意思，又问："那你解释一下，这一切都是为什么？"

武余嘲弄地笑笑，说："你是班主任老师，这样歇斯底里，是不是说明你跟一个学生斗，你认输了？"

我吃了一惊，心想：这小子不笨呀，竟然看出我气急败坏了。当然，我才不可能认输呢，学到的教育方法可不少，会全都用在你身上的。不过，我还是不能掉以轻心，因为这小子也肯定还有很多折腾的手段。

我冷静了一下，然后端来椅子，请武余坐下，他真就大大咧咧坐下了。

“跟我说说，你这么聪明，为什么偏偏要跟老师作对呢？把你的聪明用在学习上多好呀！”我开导说。

没想到武余突然盯着我的脸不放，然后说了一句话：“谢老师读初中时，成绩肯定很好吧？也肯定很守纪律吧？”

我有些脸红，心一下子回到初中时代。那时候，有个刚毕业的女老师叫杨依依，只比我大几岁。开始时我很喜欢她的课，可后来，杨老师暴露出经验不足的缺点来，她声音又轻又细，尽管好听，可课堂纪律糟糕。我气她这一点，就跟着大家一起闹，还成了最让她头疼的一个。

我老实回答武余：“我学习成绩的确很好，但……跟你一样，很让老师头疼，特别是杨老师，我经常把她气哭。现在想来，我真后悔！”

“你真的后悔了？”武余莫名其妙激动起来，盯着我看。

我重重地点头，说：“要能见到杨老师，我会好好跟她认错。”

武余从怀里掏出一个日记本，放在我面前，他竟然擦了一下眼睛，我看出他哭了。只听他说：“杨依依是我小姨。她听说你毕业来教书了，坚信你会成为好老师，所以把我也转到你班上。其实有三点我要跟你讲清：一、我的学习成绩一直很好；二、我是来替小姨报仇的；三、我的仇已经报了，今后我们握手言和好吗？”

说完，他一声不吭地出去了。

我的心剧烈一颤，日记本是用汉语和英语写下的，足见杨老师多么敬业，多么认真！看着那字迹，我又一次被带回了初中。

这天晚上，我将日记本看了好几遍。没想到，其中大部分记的都是我所在的班，很多记的又都是我的所作所为。比如，我在课上举着漫画书看啦，我作为英语课代表故意不收作业啦，我在课上打呼噜啦，考试时我故意只考60分啦……

看着看着，我脸上阵阵发热。一个老师，如果摊上这么个把心思都用来作对的学生，她的日子好过吗？

在最后一篇日记里，杨老师写道：其实谢丰荣并不是个坏孩子，只是需要更多的宽容与引导，我坚信自己没有看错。我要把这本日记好好珍藏，等他当了老师，再送给他看。也许，对他从教会有帮助。

读着读着，我大哭起来，多年前就流下的泪水，一直到现在才汹涌而出……

想念张红

十年前。那是初三下期报名的日子。

张红来到我家院墙外边，她想用手攀着一块泥砖与我打招呼，可是竟把围墙弄倒了一截。泥砖打折了我精心栽培的虞美人。

她连声道歉，不过我并不在乎，因为墙是她张红弄倒的，花是她张红打折的。

要是别人，另当别论！

张红是来叫我一块去镇上报名入学。

我一边去清理花和泥砖，一边慢慢地说："你去吧，我……身体不太舒服。"

张红就是这种女孩，一听马上从院门转进来，要摸我的额头。我没让她摸，不管她的手再柔软也不。"你哪里不舒服?"她只好焦急地问。

我想，必须找到自己不舒服的地方，不然她会追问到底，就先指着头，一会儿又指着肚子，说："这儿，不，是这儿。"

"头晕？肚子痛？感冒了吧?"她又问。

"就算是吧。"我说。我自始至终没有抬头。

张红走了，不过很快就又回来了。她又进了我家院门，在我的身边坐下，询问我的病情，不过我已经"好"了。

张红想在我家吃午饭，我没有反对。反正她家父母在外地，我家父母也要晚上回来。这顿饭是张红煮的。我为她提供了家里最好的原材料：仅剩的两个鸡蛋，还有一点芹菜。我烧火，竟然将母亲码放在阶沿上的竹篾用来炒菜，平时，母亲只在有客时才用这种好燃料。

吃饭的时候，张红竟然说："看我像不像个巧媳妇?"

她这一说，我脸刷地通红，她的脸腾地也通红。

她炒的菜比母亲炒的还要香！

张红是美女，而且是那种能干的美女，不过也是那种成绩特差的美女。不管她如何缠着我补习，她都差定了。她其实不是缠着我补习，因为补习时她老看着我的脸，看着看着就走神了。但是说真的，张红的笑是不需要学习的，走路姿势也不需要学习，天生一百分！

张红直待到我爹妈回来的前几分钟才走。走时，她叮咛："李勋，老师很关心你的病情，问我几遍呢！明天早点去给老师讲清。早点去！好吗？"

第二天，我背上书包，犹豫再三还是起程了。母亲只塞给我几十块钱，要我多求求老师，看能不能像以前那样缓些时日再缴。

我到张红的竹林外边一叫，她就出来了。她的书包鼓鼓囊囊的，我想：女孩子家，怎么带的东西这么多呀！发了新书怎么装得下呀！

我们一起上学，这是两年来的习惯。到了校门，我总是先进去，她稍后一点时间再进去，这也是两年来的习惯。目的是避免别人说闲话。

张红叫了我一声："李勋哥……"

我回头看着她，她又不说。那眼睛里，仿佛湿漉漉的。我没在意，进了学校，直去办公室找班主任陈老师。

陈老师在我背上狠狠一捶以示亲热，说："小子，这身体也生病？好了吧？好了就对！你这个班长不到，昨天可把我这个班主任忙坏了，你今天得多帮我做点事。事多着啦！"

我很感动，想了半天说："陈老师，我的学费……"

陈老师说："发票我已经开好了，这样吧，马上扯给你。"他从抽屉里拿出一本发票，找出一页，撕下来递给我。

我吃惊地看到：李勋，四百二十元正。

我的学费交了？四百二十元正？我十分不解。我的手插在裤兜里，把母亲给的那几十元钱攥得紧紧的。

"谁帮我交的？"我问。

"张红呀。她说是你给她钱，让她代缴。不过她缴了你的，却说自己的要缓些时间。"

我什么都明白了。

我马上到教室里找她，可是张红没有来上学。后来我才知道，张红根本没进校门，而是直接乘车到父母的城市去了。几天后她打电话给我，说："我读书就是糟蹋钱！但是你完全不一样，李勋哥，一定读好书！高中的学费我也替你出……"

三年前，我揣着四百二十元钱，阴郁地向张红的家走去。

张红一身新娘装，万分动人，动人得让我头部严重缺血。

我将那新郎一把拉开，对张红说："为什么这么快?"

"李勋哥，你大学毕业了，我结婚了，都值得祝贺……"她说。

"为什么不等一等我?"我又粗暴地问她。

"等？我是在赶！我们差距太大了，我正是要赶在你毕业之前结婚，我们不可能走到一起的……"张红颤动着嘴唇说。

我把四百二十元钱塞到她的手上，转身快速离去。

我的泪水已然成河……

是谁救了我

当时我在河边玩耍。周围大概有几十个人走来走去，春天的柳树早绿茵茵的了，河岸上有些地方开着野花。

我是个女孩子，自然爱那些野花。我就拉着一条树枝，移着脚探到河面上去，摘那朵最美最艳的花。我眼里只有花的美艳，没有河水的汹涌，因为我那年才七岁多点。我掉进河里的刹那，才有过一秒钟的后悔，一秒钟过后，我什么都不知道了。

我醒来的时候，正躺在岸边的泥地上。我全身湿透，胸口火辣辣地痛，因为呛了很多水。我身边也吐了一地脏水，连同午饭所吃的饭菜。我的眼睛并不好使，迷迷蒙蒙的，四周尽是些腿脚，但全部都是干的，没有卷起裤管，也没有脱过鞋，这我记得清清楚楚的。从这些围观的人群里传来嘤嘤嗡嗡的声音，我却没有听真切。

只有一个人在我身上忙活着。我感觉到他在为我擦脸上的脏物，在为我拧衣服上的水，在为我做人工呼吸，他口里有一股浓浓的酒气，多少年后我仍记得。由于他与我的距离最近，我能看出他的头部奇大，上身好像没穿衣服，又好像穿了一点儿。

我再次昏迷过去。

在迷迷糊糊中，我感觉到母亲来了。她在我身上大声尖叫，哭泣，呼唤，用力搂抱。然后，我知道她奔跑起来，我在她怀里一抖一抖地回了家。

等我终于生还，完全清醒，在母亲欢天喜地的目光中，我第一句话问的就是：妈妈，是谁救了我呀？

妈妈的脸黯淡下来，她不再看我。

我又问：“妈妈，是谁从那么深的河水中把我救起来，又在我身上忙啊忙，帮我做人工呼吸，帮我清洗脏物的?”

妈妈的回答让我大失所望，她说：“是……妈妈我呀。”

我一跳而起，大声说：“妈妈，你骗人！不是你，我知道是个叔叔!”

我鼻子里再次出现那股酒气，眼前再次浮现那奇大的头部，遗憾的是那张脸无法清晰地显现出来。我为妈妈竟然如此撒谎又如此不害臊而震惊，因为她老是教育我要做诚实的孩子。我冲出去，再次到了河边。

身边又是许多人在走来走去，但是他们都远远地对我指指点点。一个乞丐正在阳光下的垃圾堆里坐着，一边翻找吃食，一边哼着疯疯的小调。这时，他眼睛柔和地注视着我。我认得他，并且十分讨厌他的吃相，那嘴边上还残留着好些烂菜叶子呢。我恨恨地向他一瞪。

我来到自己落水的地方，事情已经是前天发生的了，今天能找到什么线索呢，何况我才七岁多一点儿。

我耳边响起妈妈多次说过的话：假如别人帮助过自己，一定要想方设法去感谢。

我很不快活，为妈妈的撒谎，为自己的迷惑，更为身边那个乞丐的过分亲热。

乞丐提着半瓶酒向我走来。他满脸笑容，我警惕地看着他。

他的头发又长又乱又脏，就像打了发胶一样，蓬松而僵硬，跟一个巨大的鸟窝差不多。他的嘴里流出涎水来，要多恶心有多恶心!

“小姑娘，可不能老在河边玩呀。”他说。

“关你什么事!”我走开几步。周围的人有的停下脚步来，看着我和乞丐。

“那天你差点就……”

“别说那天!”一股酒气与臭味的混合味道袭来，我慌忙跑开了。身后又传来妈妈焦急喊我名字的声音，我也没有管。

晚上，我又缠着妈妈，一定要她说出救命恩人是谁才罢休。

妈妈看着我，发现了我眼里的固执。

妈妈不安地、轻轻地说：“救你的，就是下午你看到的那个人……”

“哪个呀?”我还是不懂。

“那个乞丐，当时他正在河边喝酒，看着你在河里挣扎，周围的人都没有下水，就他扑通一声跳了下去……”

“什么？是那个乞丐！哇……”我后悔不迭，嘴里一难受，就吐出许多脏物来。天啦，和我嘴对嘴人工呼吸的，竟是那么恶心的一个人。

我伤心地哭起来。

妈妈慌了，忙给我清洗。妈妈说：“看看，本来不说，你就是不听！多恶心呀！满镇上的人都在议论，说你是一个脏乞丐救起来的。”

我哭得很厉害，不知我的小伙伴们会不会一辈子笑话我。

但后来，我说：“妈妈，明天我们去谢谢他好吗？你不是说要知恩图报吗。”妈妈有些文化，什么词汇都想早点往我的头脑里灌，所以我很早就知道了这个词。

可是妈妈说：“为了你的名声，下午你爸找了几个人，将他撵出镇去了，要他永远不许回来。”

有弹弓的岁月

九月的一个星期天，天气好到我们必须溜出去玩的地步。如果不溜，父母总会要我们伏在石头搭成的洗衣板上写作业。

我们每个人都带了支弹弓，这是最好玩的东西了。打鸟是一种娱乐，可我们都没有达到百发百中的水平，经常一下午连一只鸟都打不下来。今天也是这样，我们发现一棵树上聚集了成百只鸟，它们叽叽喳喳，而我们悄悄靠近，大家一齐打出小石子，可竟然一只鸟儿也没掉下来。鸟儿们被惊飞，它们围在我们头上转圈，好像在肆意地嘲笑我们。真是扫兴!

我们只好坐在晒场边上，个个都垂头丧气。

这时，曾大爷从路上走来。他是孤寡老人，背已经驼了，平时很少跟人交流，总是独来独往。

小武大叫起来：“咱来比比如何?”

小武叫的时候还站了起来，又从裤兜里摸了一粒小石子，那是弹弓的“子弹”。

比什么呢?我们都不解，看着兴奋异常的小武。小武冲大家竖起指头压在嘴上，发出一声“嘘——”，然后神秘地小声说：“比谁能打中曾大爷的光头。”

我吓了一跳，赶忙向曾大爷看去，只见他正一步一步走远，但他的光头在太阳下闪闪发光，那光让我有种迷乱的感觉。大家一下子找到好玩的事情了，纷纷赞同。一群无知的孩子就这样干了一件蠢事。

小石子纷纷打了出去，起初大家都没有准头，所以曾大爷并未发觉。后来我第五次举起弹弓，这时预感十分强烈，而且从来没有这样强烈过，还没打出石子我就知道我会成为第一个击中目标的人。

果然，只听“哆”的一声，曾大爷身子颤抖了一下，手立即捂住后脑勺，身子转过来看着我们这些小捣蛋们。大家冲我欢呼，我得胜地站在中间。曾大爷愤怒了，他向我们冲了过来，大家四散而逃。我呆了呆，这才意识到闯了大祸，赶忙向村里跑，而且专找那些难找的角落钻。

曾大爷紧追不舍。我们两人，一个在前一个在后，绕着村子转了三圈，然后我成了他的俘虏。

曾大爷扬起大手，我大哭起来，他又放下手，然后拉着我回了他家。我乖乖地跟着走。曾大爷家里有棵大核桃树，此时果实累累。前段时间，我们几个小孩子曾经密谋过，要弄点核桃来吃，可是不敢翻他的高墙，只好作罢。

“我得好好惩治惩治你！太不像话了！”曾大爷喘着粗气说。

我决定用哭来解决问题，这是小孩子一贯的做法。于是我扯开喉咙，比刚才哭得响多了。曾大爷怔怔地看着我哭，好一会儿，他叹气说：“唉，听听孩子哭，也行啊……”话里带着伤感。

曾大爷泡了杯茶，坐在竹椅上，狡黠地笑了笑，对我说：“看看我这头上，已经鼓起包来了。必须惩治惩治你！嗯，这棵核桃树早该摘果子了。”我一听来劲了，他莫不是要我替他摘核桃？难道这就是他的惩治？

曾大爷点点头，说：“的确是叫你摘核桃，但不能用竹竿打。”

什么？不用竹竿打？那就只有爬上去一个一个摘了。我头疼起来。

“也不是爬上去摘。”曾大爷指了指弹弓，说，“就用它一个一个打下来。你打人不是挺准吗？打下一百个核桃，你就可以回家了。”

望着高大的核桃树，盯着那些星星一样多的核桃果，我傻眼了。我只好摸出石子，举起弹弓开始瞄准核桃果，但是第一枪只打下一片叶子。曾大爷哈哈一笑，端起杯喝了口茶。我兜里装了十多粒石子，可是全部打完也不见地上掉落一个核桃。

曾大爷笑得东倒西歪，然后望望西边快要落山的太阳，意味深长地说：“你今天是不是想点着灯打核桃呀？”我心里很慌乱，因为照这样下去，我打到明天早上也打不到一百个。

“打呀！”见我发愁，曾大爷吼道，吼过之后却又哧哧笑个不停。

我赶忙在地上找石子，然后投入到紧张的战斗中。

天黑了，我捧起十个核桃交给曾大爷。曾大爷的茶至少添了四道水，早没有茶色。他一直在快活地笑，而我一直哭丧着脸。曾大爷没有接核桃，却说："我以为你真是神枪手呢。我叫你打一百个核桃，是想让你给村里每人送一个去，哪知才打了十个，那只好就给你们那十个淘气包送去得了。"

我以为我听错了。怎么？我们打伤了他，他反而送核桃给我们？我正在惊异，曾大爷催促说："快去送给他们呀，看我家的核桃香不香！"我于是转身出门。

这时，曾大爷从身后对我说："弹弓别冲着人打！还有，明天带你的小伙伴们来，我们就用弹弓摘核桃，很有趣的，然后让全村人都吃到核桃，好不好？"

我听出来了，曾大爷的语气十分热切！

机器人保镖爱上主人妻

“我想了很久，一定得和你谈谈！”星期五说。我不是鲁滨孙，但我为他取了个黑奴的名字。我说：“有什么事，你尽管说吧。”

星期五注视着我的眼睛，他正坐在早餐桌边，我漂亮的妻子则正在厨房里收拾碗筷。阳光从明亮的窗玻璃照进来，空气十分清新，令人顿生惬意。我十分满足现在的生活，是的，很满足。

“把她让给我吧。”星期五低下头，说了这句话。

“谁？你说的是谁？”我不解地问。

“芬尼。”

“什么！”我从凳子上跳了起来，因为芬尼是我新婚不久的妻子。我吃惊地看着星期五。

“我爱上她了！爱！真奇怪，这一点点爱竟让我日夜不安，所以我必须对你说出来才行。”星期五内疚而又直白地说。

“天啦，可你只是我从商店里买回来的一个机器人！”我嚷道。

“是的，我是机器人！可现在机器人与你们人类还有多少区别呢？”星期五这一问让我无言以对。好半天我终于冷静下来，开始重新打量三个月前订购的商品——也就是星期五。他身材高大，肌肉强健，是个无可挑剔的保镖。这个世界，区别机器人与人类仅仅看手上的戒指闪什么颜色的光。机器人也靠吃饭生存，靠睡觉休息，只是他们的智商远远超过人类，自然，他们的头脑是比人脑容量还大的特殊材料。

我暗暗着急，因为无论从人力还是智力上看，我都不是他的对手。我后悔买了个危险。

我冲口而出：“你是个次品！想不到，我每天对你那么好，吃饭同桌，出门同行，你还要谋害主子！早知如此，我就选那条机器狗做保镖了。”

“我也许是次品，是你贪图便宜买的，怪谁呢？我只知道一点，我的头脑里产生了新东西，这就是你们最不愿让我们拥有的感情。”星期五说。

“我要是不答应呢？”我气急败坏地说。

星期五扬了扬肌肉饱绽的胳膊，向我笑了笑，并不说话。我知道那意思是说，咱俩不是一个级别的，要摆平你太容易了。是啊，我哪是机器人的对手呀！

我束手无策，垂头丧气地问：“那你要怎么样？”

“从今天开始，你搬到我的保镖屋住，我搬到你和芬尼的房间里住。”星期五说。

这时芬尼从厨房里出来。她看了看我和星期五，觉得不对劲，就问：“你们怎么啦？好像以前从不这样！”

我快要哭了，说：“是和以前不一样了。”

星期五站起来，去拉芬尼的手。我暴跳如雷，大吼：“别碰她！”

星期五回头对我吹一下口哨，算是耀武扬威。然后他悍然将芬尼抱在怀里，这时候，芬尼才弄明白发生了什么事。她发出一声尖叫。

我气得昏了头，抓起电话要打110，不过，我突然明白警察也是一群更先进的机器人，要是他们来，场面可能更不好收拾。我将电话一扔，扑向星期五。星期五只动了根指头，我就躺在地上起不来了。

这时候，我突然看到，芬尼甜甜蜜蜜地搂住星期五的脖子，将嘴递上去，在星期五脸上重重一吻，接着又在他的手臂上重重一吻。我人不能动，但眼睛和嘴能动，我惊问：“芬尼，你这是怎么啦？”

“不怎么！既然星期五今天把话说明了，我也不再隐瞒。其实我早就喜欢星期五了。他那么强壮，那么英俊，要知道，这可是根据明星打造的机器人呀！我的心思全在他身上，对你已经毫无兴趣，是该换换房间了。”芬尼说，然后又在那用塑料做成的人皮上乱吻。

我痛不欲生，对她说：“可他只是个机器人，你是真真正正的人！”

“机器人怎么啦？人和机器的结合是早晚的事，我才不怕笑话呢！”芬尼停下亲吻，用眼睛痴痴地看着星期五，这眼神里集中了全副心思，再不理睬我的哭闹。

星期五也用眼睛看着芬尼，并且得胜地微笑着。他们就这么看下去，看下去。

我在地上痛心地感叹爱情，感叹科学，感叹这个毫无预兆的黑色早晨。

突然我听到急促的喘气声，而且越来越大。我抬头看星期五，只见他用手抱住头部，大叫起来："我，我头好痛！哎哟……"然后他倒地，滚向我的旁边来。他身体里响着电流的嗞嗞声，从头发根里闪出火花，看来是某个地方出现短路。我紧张起来，害怕强电击伤自己。这时，芬尼冲过来，一把将我拉开，紧紧地抱住我，边吻我边说："亲爱的，我刚才说的话不是真的，是用来对付星期五的，你可别当真呀！"

地上很快没有了动静。我们一看，星期五"死"了，他的皮肤"溃烂"（被漏电所伤），面目全非。

我奇怪地问芬尼："这是怎么一回事？你快说说！"

芬尼找出一本小册子，说："亏你买了东西也不看看使用说明，现在看还来得及。"

我接过来一看，只见那上面写着注意事项：

智商极高的机器人并不足惧！因为他们唯一空白的是感情，在这方面，人类强大他们千百倍。紧急关头，您要保持镇定，在眼睛里倾注复杂的感情信息，越复杂越有效果，目的是引起机器人程序的剧烈冲突，使之严重崩溃……

小区区长

陆大爷个儿小小，但小区里没人敢招惹他。

他现在八十多岁了，身体还算硬朗，不过也大不如前。平时，三天两头能听到他中气十足的叫骂声，整个小区每家每户，即使在最隔音的里屋也会声声入耳。他的家在三楼，他最爱的“训话”地点就是阳台。对，就是“训话”！在这里，仰能看到顶层，俯能洞察各个角落。陆大爷越来越不爱下楼，偏偏就喜欢靠在阳台上，成天观察小区。

小区尽收眼底，陆大爷掌控全局。

有一次，专门运垃圾的老王来迟了，垃圾堆积如山，苍蝇蚊子纷飞。等来的时候，陆大爷就在三楼冲着他训导了两小时。老王一边铲垃圾，一边还得回头恭恭敬敬地听，本来垃圾都装好了，可陆大爷没有发话，他还得赔着笑继续听。此后老王再没有迟到过。

有一家本小区的住户提出要在底楼办一个茶馆。这个念头才刚生起，还没来得及跟周围邻里提说，陆大爷就找上门来。两个字：没门！那个住户不甘心，问陆大爷这究竟哪里不好。陆大爷一下子说出好几大弊端，什么有伤风化，滋生懒惰，破坏和谐，还能引狼入室等等，直说得那个住户自己也扪心自问起来，难道我真的是在干一桩伤天害理的坏事吗？

于是，本小区至今没有茶馆。

还有一次，几个小青年聚会，嘻嘻哈哈闹到半夜。突然一声大吼，跟炸雷似的：“不懂事的小娃娃！还要不要人睡？还要不要人睡？”一听是陆大爷，小青年们立即噤声。

不过，那天夜里，我们并没有睡上安逸觉。因为陆大爷一激动，没了睡意，他就站在阳台上，黑糊糊地冲对面楼训话，那声音响如洪钟，一个小时之后才复归平静。

这就是陆大爷!

不过，平时陆大爷也是慈眉善目，我和他同住一个单元，上上下下都能遇见。他似乎特别喜欢跟我说话，有时候，他拉着我的胳膊，很亲切，说话时就如一个长者在谆谆教诲。我能觉出那份信任，那份关照。

陆大爷一直是单位里的工会主席。退休后，他十分热心小区的事务。我们这个小区不大，只有四栋楼，虽然没有选什么管委会，但谁都清楚，陆大爷才是大家公认的“小区区长”。

陆大爷的骂声间隔的时间不断延长，过去是两三天一骂，现在是五六天听不到一次了。

他爬楼梯的时候，要抓着扶手，一步一歇。

那天，陆大爷见我上楼来，就在楼梯口等我。我走到近前，他叫住我。

“我跟你商量个事。”陆大爷说。

我洗耳恭听。

“你看这小区，现在秩序不错，可是我现在下楼都困难了……”

我一听，立即表示说：“您老的身体还这么棒呢！有您陆大爷在这里，秩序当然不错，我们大家都受益于您呢！”

“别恭维我！我的身体在变差了，小区里头没人监管，就会露出坏苗头。比如，对面三楼那家人跟一个公司都谈好了，要在我们小区搭台推销电器产品。那不是正牌子的，要是让他们进来，他们恐怕就赖着不走了。还有，那个守门的家伙稍不留神就悄悄让外边的车停进来，暗地里收人家的钱，这成什么规矩？这些事，得有人管！”陆大爷提高声音说。

我静静听着。

“让你来管这个小区，你看如何?”陆大爷拍拍我的肩膀说。

我很吃惊，更有些受宠若惊。

“你是教师，人又好，他们肯定服你！你来做，我就放心了!”

我突然觉得心里生起一种庄严的感觉，看着陆大爷，不知该不该答应他。

你理解我的窝囊吗

河边适合喝下午茶，很悠闲的一个地方。

现在，茶也喝白了，广场上音乐已经响起来，有些人开始出来跳舞了。落日映在水波里，偶尔一只白鹭飞过，真有“落霞与孤鹜齐飞”的美妙感觉。我准备起身回家吃夜饭了。这时，一辆三轮车停在身边，师傅冲我叫了声：“是你呀！”

我一看，是老乡，姓徐。对他我多少还是有些了解的，此人惧内是出了名的。蹬起三轮车来就跟忘了命似的，有一身牛劲，比别的师傅挣钱多，但晚上一回家全数交给老婆。不仅如此，三轮车一停好，他马上弄饭，吃了饭马上收拾碗筷，收拾碗筷后马上跟着老婆出门。去干什么？陪老婆打麻将。老婆爱打，他就一声不吭坐在后边抽劣质烟，直到散场。

“闷筒！”老婆不管输了赢了，都会这样叫他，只不过输了时，眼睛就跟刀子一样，直刺得老徐胖壮的身子一缩。

闷筒老徐永远没有说话的权利，永远没有生气的权利，永远没有翻身做自己的主的权利。他老婆声音嘶哑，举止豪放，尽管比老徐矮很多，可她在老徐脸上可以随便用指甲“签字”、用巴掌“盖章”，老徐只有死受。

我忙拉老徐喝茶。他支支吾吾，半天才说，他是来找老婆的，老婆一星期没有回家了，据说跟一个小白脸跑了，好像就在这一带。一听我正是住在这地方，就问我看到他老婆没有，然后又叮嘱我发现了就打电话通知他一声。

说实话，我在广场上看过他老婆，还不止一次，她总是跟一个高挑个子、比她小很多的男人一起。她扭得并不好看，偏偏爱对男人指手画脚，那男人显出服服帖帖的样子。两人亲昵的样子，我不想看，但偏偏还是看到了。

这会儿我向广场上瞟了一眼，妈呀，偏偏他老婆又来跳舞了。

我的举动使老徐也回头看了一下。这下，他终于发现了那对男女。我有些不安，生怕出什么事儿，因为男女之事是天下最不被容忍的。凭他的高大个子，跳舞的男人是斗不过他的，他完全可以将那个胆敢让他蒙羞的人揍个稀烂。

老徐一见，怔住了。

那对男女翩翩下到舞池，随着音乐一起跳了起来。我看见那个男的附着他老婆的耳朵说了句什么，他老婆就浪笑着，打了男的一下，幅度很大，动作夸张，充满亲昵。

老徐的眼睛似乎眨了一下，但不明显，他就那样在原地站着。

我特意观察了他的手，以为会捏成拳头，但显然没有。

我正不知说什么好，老徐却到我的旁边坐下，叫了一杯茶。

“怎么？不过去？”我试探着问他。

老徐木木地点燃他的劣质香烟，摇了摇头。好一会儿，他说：“就在这里看着吧，等小兰跳完了，我……去接她。”

小兰，亏她还有这么好听的一个名字！我撇撇嘴，对这个女人早已远播的臭名很不以为然。

我见他这么平静，不禁心里有气，就暗示说：“老婆一星期没回家了，你……不急？你也不去问问她怎么跟那男的认识的？”

可是老徐回答道：“小兰说，她认识很多人，有的是牌友，有的是舞伴，牌友是牌友，舞伴是舞伴，老公是老公，叫我别多想。我牌打不好，舞也不会跳……没办法。”

这让我又想起他在老婆身后一言不发抽烟观战的情景。

远处小兰被舞伴搂得更紧了，她伸手又打了舞伴一下，是打在脸上。

我静静观察着老徐，他的目光飘忽，似乎什么都能看到，似乎什么又都没有进过眼睛。

他真是窝囊得可以！我暗自叹息一声。

我们有一搭没一搭地聊着。

我决定先不急着离开。我不知道自己是希望看点好戏，还是觉得应该陪陪这个有十足理由可以伤心的人。

这个人真是!

为了打发时间，我用手机播起音乐来。我故意放的是张信哲的《爱如潮水》，老徐听出来了，只看了看我，什么表情都没有。

突然他起身冲出去，跨上三轮车向广场里骑去。我吓了一跳，心想：他是不是被我的音乐激发起冲动来，要和那个男的拼命？我也赶忙跑过去。

边跑边发现，原来是小兰他们不跳舞了，正急急向出口走去，那里人多，可能很快就会不见踪影。老徐显然是要去拦截他们。

当老徐的车出现在两人前边时，小兰有些吃惊，和她跳舞的男人见到老徐，更是后退一步，做出随时想逃的架势。

我远远地停下来，想看个究竟。

只见老徐嗫嚅半天，说出一句话：“小兰，你们要去哪儿？我拉你们吧。”

徒劳的马蹄莲

小刘在上网，小雯在看电视。两口子冷战已经持续一个月，甚至到了离婚的边缘。

他们都没有注意，茶几上的马蹄莲动了一下。接着一个跟空气一样透明的人从花瓶里飘落在地，迅速长高，变成常人大小。那是一个漂亮的女子，她笑了笑，看看小刘又看看小雯，然后过去搂着小雯，和她一起看电视，只是小雯看不见，感觉就像一缕清风拂过。她又过去跟小刘开了个玩笑，用手扯了扯他的耳朵，小刘也只觉得耳朵有些凉。

马蹄莲决心让两个人重新和好。

小刘突然想抽支烟，一侧身，发现烟灰缸上竟然放着一支，而且刚刚点燃。他不屑地看了看专注看着电视的小雯，将烟叼在嘴里，心想：烟是我的，你爱点就点，我抽了也不领情。

小雯此时有些口渴，想吃个苹果，低头往果篮里看时，见有个苹果已经削好，正放在其他苹果上面。小雯拿起就吃，用眼瞟了一下小刘，神情轻蔑。

马蹄莲见效果不佳，又出新招。她的手指在电脑显示屏上一点，电脑突然黑屏，过后放起幻灯片来，每一张照片都是小雯的。其实这些照片原本就存在电脑里，正是两人恋爱期间所拍。照片上，小雯含情脉脉盯着镜头，其实就是盯着小刘。而现在，小刘被她一盯，全身起鸡皮疙瘩，立即反感地点击鼠标，想全部关掉。不过，关一张又弹出一张。小刘转身冲小雯骂道：“动我电脑干吗？设置这些恶意程序有什么好！别自作多情了！”

原来小刘以为这是小雯有意向他示好，才悄悄在电脑里设了自动播放程序。

小雯正看着电视，被他一骂，气得不知怎么说才好，只大声叫：“你你你……我惹你啦!”然后她反过来也骂小刘，“还说我，你看你买的破电视，以前只收80个台，现在多了，有250个，随便怎么按，它都停在这个250台上，二百五买的电视也就是二百五!”

小刘看了看电视，还真是250台，一对夫妻歌星正情意缠绵地唱着《亲密爱人》。

小刘跳起来，小雯也跳起来。两人瞪着眼看着，眼看要大打出手了。

马蹄莲将两只手分别放到两个人的心窝上，轻轻一抚，两人的情绪平静下来，同时哼了一声，又各自去干各自的事情。这时，电脑和电视也都恢复正常。

马蹄莲站在中间，摇摇头，叹了口气。

她想：知己知彼，百战不殆，看来我得到他们心里去一趟。

这天夜里，两人很晚才睡下。由于正闹离婚，两人虽同睡一床，但身子离得远远的。很快他们都进入梦乡。马蹄莲蹑手蹑脚走到床前，看看小刘，又看看小雯。她决定先到小刘梦里。她飘起来，在小刘头上越变越小，像蒲公英一样落到他的额际，然后不见踪影。

马蹄莲在黑咕隆咚的梦里四处穿行。由于小刘最近常做噩梦，所以他的梦里险象环生，时而是一只老虎瞪着铜铃般的眼睛看她，随时都有可能扑过来，时而又是一条蛇悄无声息地在脚下游走，弄不好就要咬上一口。马蹄莲走得是心惊肉跳，突然她听到一声呼叫：“救命啦!”

马蹄莲隐隐觉得前方有间石屋子。她慢慢靠近，发现石屋的墙很厚，而且没有门，只有一扇小窗，才碗口那么大，里面伸出一只手，女人的手。马蹄莲听出关着的女人正是小雯。小雯好像饱受折磨，她的声音很虚弱，马蹄莲去握她的手，发现那手冰凉无力。

马蹄莲问：“你怎么会在石屋子里?”

小雯说：“是小刘！小刘恨我，他在心里尽情地折磨我，他想让我永远不见天日!”

“什么？是小刘！他怎么能这样对待他心上的人呢?”马蹄莲难以置信。

“本来我以前在他心里是宝，自从他爱上我，他的心里一直就没有黑夜，每个梦都是那样光明，我在光明的梦里，像女王般活着，而他心甘情愿当我的奴隶。但是上个月，他无端怀疑我跟另一个男人来往，就……”小雯哭起来。

“那你真的跟那个男人来往吗?”马蹄莲问。

“没有，我发誓！我们只是同事，是他误会我了。”小雯态度极其诚恳地回答。

马蹄莲在石屋周围转了一圈，皱起眉头说：“太坚固了，我怎么救你呢?”

小雯害怕她不管，一个劲地求她：“你一定有办法的，求你了，救我呀!”

马蹄莲一时真的想不出办法，只好暂时离开。小雯的求救声微弱而凄恻，一直在身后响着。

马蹄莲明白了，等小雯在小刘心里“死”了，他们的爱情也就结束。她出了小刘的梦，脸上带着泪痕，深深为小雯难过。她没有想到男人的误解会如此可怕。她看看小雯，又准备到小雯的梦里看看再说。

小雯的梦里也不太平，她也有一个月没睡好觉了，梦里不时出现恐怖场面。马蹄莲在黑糊糊的世界里看到一个大大的泥潭，泥潭里有个人正在挣扎。她看出是小刘！稀泥已经齐肩，小刘仅剩头颈和两手在外。由于呼吸困难，他的喊叫也很微弱。

马蹄莲叹道：这两口子，现在一个劲地折磨自己的爱人，真是!

马蹄莲对小刘说：“你为什么会在这里?”

小刘赶忙对她说：“我……也不知道为什么会在这里，我以前在她心里占据着重要的位置，可上个月，她的心灵突发一次地震，我被抛进泥潭，现在……”

“我想应该是你误会了她，你恨她，她反过来恨你，所以才这样。”马蹄莲说。

“我没有误会她!”

“别这样说！你们都误会了对方，还不自我检讨，那就等着互相折磨到死吧!”马蹄莲有些生气。

小刘听到“死”字，想到自己现在的情形，有些不甘。他请求马蹄莲帮忙，让他脱离险境。可是马蹄莲什么工具也没有，只能在泥潭边上眼睁睁看着小刘挣扎。

就在马蹄莲束手无策之际，天亮了。

小刘和小雯醒来，互相看了一眼，冷漠得跟陌生人一样。他们都想起夜里那个可怕的梦，但都不知道对方也有个可怕的梦。两个人觉得这样折磨了对方，自己很舒服。

然后他们各自洗漱，从头到尾，一句话也没有说。

清晨的阳光照进屋来，马蹄莲的花瓣有些蔫，茎向下低垂了些。

白天发生的事情，不外乎是各吃各的饭，各干各的事，个别时候两人互相骂上几句，除此之外，屋子里就只响着电视里的对话声和音乐声。马蹄莲试图以各种方式让双方和解，但无济于事，她也累了。三个人静静地坐着，日子就这么过了下去。

茶几上的马蹄莲日渐枯萎。

一个星期过后，马蹄莲突然有了方法。晚上，她赶在小刘和小雯上床睡觉之前，偷偷在他们枕下放了一根花茎，当然两人并没数过茶几上的花茎少了，而床上多了一根。他们仍然离得远远地睡着。可今晚却完全不同了。

当马蹄莲进入小刘的梦里时，她既找到那个石屋，又在石屋下边看到了泥潭。原来真如马蹄莲想象的那样，两个人的梦合成了一个，就像两个肥皂泡合在一起一样。这样，石屋在一个坡上，而坡下正是泥潭。马蹄莲在坡前站住脚，他听到被困的小刘和小雯同时发出的呼救声和呻吟声。

马蹄莲打断他们，说道："看看吧，你们互相折磨对方，彼此都成什么样啦。"

两个人终于清楚自己有多狠心，然后自己又受了多大的痛苦。他们后悔莫及。

可是他们同时被困，自救都不可能，还能救对方吗?

关在石屋里的小雯只能把手伸到窗外，她呼喊着小刘，小刘的脖子已在稀泥之下，他也呼喊着小雯。马蹄莲看着他们，默默地用手在石屋下边挖起来，泥土纷纷掉进坡下的泥潭。

"你?"小刘和小雯惊问。

马蹄莲不答，她继续用手抠着泥土。梦里什么都派不上用场，只有自己的双手能起作用。她不断地抠，不停地挖，后来坡下的泥土有一个角掉进泥潭中了，而泥潭里的稀泥则因为加入了不少干土，变得硬了起来，像铺起一条路。

马蹄莲的手指流血了，她仍然在挖着。石屋下边的泥土少了，开始向坡下倾斜。

几个小时过去了，突然听到轰隆一声，石屋靠泥潭的一边倒塌，滑进泥潭。就在这时，马蹄莲伸手将小雯从石屋中拉了出来，站到坡上。两个女人向下看，只见倒下的石屋正好在岸与小刘之间搭起一道桥来。小刘正慢慢地用手攀着石屋搭起的桥爬上来。他全身都是泥水。

两个人走到一起，脏兮兮地拥抱起来。

马蹄莲则突然晕倒在地……

凌晨时分，小刘和小雯呼地同时惊醒，然后同时扑入对方的怀里。

小雯说："你……"

小刘也说："你……"

他们心中再没有憎恨，对爱人充满了怜惜。他们摁亮卧室的灯，小雯发现一个奇怪的事情。"怎么？我买的马蹄莲竟会在卧室里！"她说。

"是呀，它不是在客厅的茶几上吗？"小刘也说。

"我们梦里都有个女人的影子，我好像记得她说她叫什么莲……"小雯想起点什么。

"对，叫马蹄莲！"小刘说。

他们同时看着马蹄莲，齐道："难道是它？"

不过他们并不相信有这等奇事，一边叹息马蹄莲已经蔫了，只好扔掉，一边又庆幸他们之间消除了误会，两个人亲吻起来。

马蹄莲是在晨光中被扔进垃圾桶的。这时，有个卖花人默默地走近垃圾桶。

他不是一般的卖花人，他只卖过一束花，而这束花也不是一般的花。

前段时间，他心爱的恋人得绝症死了。那天夜里他做了个梦，听已死的爱人说，她已经变成了一株马蹄莲，如果能在花枯萎之前，做一件成全他人的美事，那么她的灵魂还有可能留在这个世界上。小伙子相信了这个梦，不管恋人会以怎样的方式留在世界上，只要能随时在梦里相会，他也知足了。于是他就多方打听，有没有哪家人感情不和，最后他把花卖给了小雯。

小伙子天天悄悄打听小刘和小雯的事情，希望马蹄莲能够完成心愿。

这时，小伙子赶上几步，拦在扔花的小雯面前，小刘恰恰正在楼上看着。

小伙子问："你爱你的先生吗?"

小雯说爱。

小伙子又问："是不是小莲起的作用?"

小雯诧异地看着他，点点头。

小伙子高兴地拉着小雯的手，说："是我的恋人呢！是我的恋人呢!"然后疯了一般跑开，马蹄莲在他手里紧紧攥着。

小雯上楼，小刘阴着脸，直问她："那个男人是谁？他为什么拉着你的手，为什么口里一个劲地说'是我的恋人'？他同你究竟是什么关系?"

小雯也正在奇怪那个小伙子，听他这么一说，生气地答道："你真是个爱吃醋的人！他是我的初恋情人，咋啦?"

犹　豫

女人一直在等。

其他人都纷纷决定改行，可是她似乎没有这个习惯。

没有班可上的她，天天都会骑车去厂门口转悠，然后失落地回家。这才是她难以改掉的习惯，几个月都是如此。

她开始消瘦。

同伴们的电话不断地打给她，告诉她，她们都到哪厂上班去了，连最要好的小芝也打来电话了。过去的工友们，现在都作鸟兽散去。放下电话，她会很久低头不语。

她的失落由此可见。

丈夫知道她的难受，没有催她，任她几个月待在家里，不过，这样待下去，说不定也会憋出病来。

“厂倒了！”她喃喃地说，好像那个只欠宣布破产的厂子是她的一般。

丈夫想安慰她，可是她先按住丈夫的嘴，然后说：“别在一棵树上吊死。人往高处走，水往低处流。你是不是要对我说这些话呀？这些道理谁人不知谁人不晓？不如我先说了吧！”

丈夫摇摇头，一笑，说：“知道就好！赶快找个别的工作，免得天天瞎想，伤了身子。”

“可是，我……就是忘不掉那个厂。我在那里上了十多年班呢！我觉得我就那么做到退休蛮不错的，我好不舍得……”她很委屈地说。

丈夫呆了呆，他一直以为，像她这种临时工，什么时候说走人就走人，应该是没有什么眷恋的。

“我也知道几个月没挣到钱，家里已经捉襟见肘，但是，我真的巴望厂子能起死回生，然后我就继续上班，过从前那种日子。”

其实从前的日子，就是每天有近十小时耗在厂里和路上，她之所以赖在那个厂里，是因为比其他厂能多挣两三百块钱，仅此而已。

每个月多这两三百块钱，就是她的快乐。

“那个厂一定会东山再起的！”她握着拳，信心百倍地说。

但是，丈夫又摇了摇头。

他知道，厂子破产的原因，一是经营不善，二是欺骗消费者。网上对此炒得沸沸扬扬，垮掉是注定的了。现在，厂子不能自保，当然也保不了那些只想讨一口饭吃的工人了。

只是，对原有生活的满足感却一直折磨着女人。

在工友们迅速转业的时候，女人仍然在固执地犹豫着。

一种情感，像抽丝一样被抽去。

终于有一天，女人下了很大决心，在城里转了整整一天，找到了另一份工作。丈夫专门为她做了几道可口的菜，等着她回来。

女人丝毫没有新工作的喜悦，边夹菜，边叹息：“那么大的一个厂子，怎么说倒掉就倒掉了呢？”

丈夫回答说：“因为不珍惜！如果经营者懂得珍惜，那就不会这样。”

“不珍惜？”女人问。

“对！经营者不珍惜，而打工者们却格外珍惜。只是你们珍惜没有用，必须要从上至下人人珍惜，这样才能长久下去。你还是忘了过去，赶快去珍惜新的机会吧。”丈夫开导说。

女人眼里放出光彩，像想通了什么，重重一点头，然后津津有味吃起饭来。

世间有多少美好情感，对一段宁静的生活，对一个待过的地方，对一个工作过的单位。

只是，百姓的这种美好情感却常常被无视，被“不珍惜”。

这真令人遗憾！

飞来飞去的铁链

好长一段时间，县太爷都寝食难安，半年前他暗中买凶杀人，将郑仁那小子除掉。可没到一个月，城里就出了桩怪事，直搅得他心惊胆战。

郑仁何许人也？县太爷为什么要除掉他？说来话长。郑仁其实也就是个平头百姓，三十岁，既无父母，也未婚娶，更谈不上有子女了。此人生性耿介，爱帮人出风头，尤其是官府中的不良现象，一旦被他发现，必前来闹得鸡犬不宁。因此本县有钱有势的老爷们无不对他又怕又恨。县太爷于是在大家的一片诉苦声中，打定了除掉郑仁的主意。

郑仁一除，县太爷一伙人拍手称快，可好景不长。一天晚上，有个官员取出贪赃枉法得来的钱财，封了一包，派人送往一富商住处，他是想请富商今后也让他参一股，共谋发财。富商一接赃款，不想空中突然响起哗啦哗啦的声音，一条如巨蟒般的铁链从天而降，一下子盘在头上，活活将他勒死。不久，铁链又光临了送礼的官员，官员也被铁链砸死。

那天夜里，很多人都看到一条粗壮的铁链在空中飞来飞去，闪着淡蓝色的光芒，发出龙吟一样的声音。

县太爷也看到铁链，他这才想起，郑仁死时曾大叫道：“我死了也要变作铁链，来锁你去阎王殿！”因此他吓得面如土色。

没过多久，又有几个老爷死于铁链，县太爷分析得出结论，这些人之所以被杀，都源自他们当时动了邪念，拿出以前巧取豪夺得来的钱财，正准备派点用场。这样说来，只要自己不用那些钱财就行了。他的心稍稍踏实了些。

于是，他警告那些跟他一起在官场里混的手下，坚决不准动用不义之财。

这样过了半年，的确再没有发生铁链砸死人的事情。有几次，县太爷自己忍不住也把一罐金子抱出来，不过，正当他看得心花怒放时，就听到空中哗啦哗啦的声响，铁链在窗外飞来飞去，还不时撞击着窗棂，吓得他赶紧盖上罐子，埋到地下，铁链这才飞走了。

现在，官员们既不敢收受贿赂，更不敢私分暗挪，连过去得来的赃款也不能动，这还有什么意思？真是活活受煎熬！手下又纷纷找县太爷诉苦。县太爷只好请全县最有名的法师来消灾。

没想到法师正念念有词之际，铁链猛地从空中扑下，法师的剑咔嚓一声折断。

法师羞愧地对县太爷说："贫道道行太浅，而铁链怨气太重，无能为力！无能为力！"

县太爷又备了好些猪牛羊等祭品，选一个漆黑之夜，带领大大小小的老爷跪在地上，求铁链饶命。可是铁链拒不接受求饶，还在他们头上盘旋，直把个个老爷都吓得屁滚尿流，这才离去。

看样子，此地不可久留，县太爷准备另谋高就。这天，他儿子进了房间，说道："父亲，你这是无济于事的。我观察了很久，这根铁链主要冲你而来，看样子，你走到哪里，它可能就跟到哪里。"

县太爷一阵心惊，忙问儿子怎么办才好。

儿子故意把话岔开，说："你老了，像你这样当官也真窝囊！"

县太爷又气又羞，却拿这个娇生惯养的儿子没法，只好问道："你聪明！那你说现在该怎么办！"

"怎么办？你把官让我当就行了。"

"胡闹！"县太爷满以为儿子有什么锦囊妙计，一听大失所望，不再理他。儿子只是诡异地笑了笑，转身出去了。

第二天，县太爷找不到儿子的影子。晚上儿子回来了，一见县太爷就说："我想什么都搞定了。"县太爷当然不信，儿子就说，不妨挖出金子，打开罐盖试试。县太爷战战兢兢，眼睛直勾勾看着窗外，生怕铁链出现。可是四周偏静悄悄的。

"没骗你吧！"儿子像没事人一样，从罐里连抓起几块金锭，往兜里揣。县太爷吼道："你不想活了！要是铁链……"

"瞧你吓成啥样啦！铁链要来早就来了。"他还在拿金子，口里说，"我可是帮你干了件大事，你得感谢我，再说我是请了几个人一起干的，得付人家酬金。”

儿子真不客气。按说，这么动用金子，铁链真该出现了，可四周仍是风平浪静。县太爷也相信是儿子替他消了灾。不过他很想知道儿子做了什么手脚，儿子却说：“今晚你会明白的。”

儿子大呼“饿了”，叫仆人备酒，并把桌子摆在大院中间，点上灯笼，然后与县太爷举杯共饮。县太爷瞧着儿子镇定自若的样子，一边喝，一边想：唉，儿子大了，还真比老子强！

儿子突然说：“我今天去了十里村，那里有个姑娘叫婉儿，啧，长得太美了！”

儿子就爱寻花问柳，可今晚县太爷心里有事，又疑又怕又好奇，哪里有心思听这些风月场里的事情，就不耐烦地哼了一声。

“她可是郑仁活着时的心上人啊！”儿子轻轻说出来，对县太爷却不啻一声惊雷，忙问儿子找婉儿干什么。

儿子似乎还想着漂亮的婉儿，口中喃喃地说：“你还不知道吧，郑仁可是个痴情郎。只可惜啊，郑仁一死，现在的婉儿气若游丝，活不长了！”

县太爷似懂非懂。

正在这时，天空卷起大风，树枝也被吹折好几根，他们桌上的酒壶也摇摇欲坠。儿子兴奋地叫起来：“好戏就要上演了！”

只见天空中突然出现铁链的身影，它似乎比平时摆动更大，发出的声音更响，县太爷瞪着眼睛细看，铁链不再泛出淡蓝的荧光，而是通体血红，像一条巨龙被谁激怒，向两人正在喝酒的院里扑来。

县太爷惊叫一声：“我命休矣！”随即跌倒在地。

这时，早有准备的儿子拔出一把长剑，只见上边贴着一道黄色的符咒。他高高举起对准铁链，大声说道：“郑仁，别执迷不悟，你是斗不过我们的，快快受死！”

铁链哪肯罢休，放过地上的县太爷，转身向他儿子扑来。一阵叮叮当当的声音响过，地上掉下大块大块的废铁，每一块都有碗口粗，砸在地上，连石板也被击穿。好在都没落到两人身上。

“哈哈哈哈！”

儿子一声长笑，然后将县太爷扶起，这时四周一片安静。县太爷看着废铁，惊魂未定，儿子说：“这就是那条飞来飞去的铁链，它已经报废了，再不会缠着你。父亲，我们又可以随心所欲，想干什么就干什么了！”

县太爷上前摸了摸废铁，见它冷冰冰的，心里顿时轻松百倍。

“儿子，你用什么办法制服它的？”他问。

儿子示意他往天上看，县太爷一看，猛地向后便倒，因为空中还有一条铁链正在缓缓飞动。

儿子嘲笑地看着老迈无能的县太爷，让他看仔细一点。县太爷这才发现空中的并非铁链，而是一条玉链，发出白晃晃的亮光，比铁链稍细些，游动起来姿态优美，只是它带着一股忧怨，像一个迷迷瞪瞪的人那样，低低地围着地上的铁链盘旋。

“这……”县太爷的脑子转不过弯来。

到这时，儿子才为县太爷讲出始末。原来，他早就了解到郑仁与婉儿爱得死去活来，只是因为郑仁爱强出头，婉儿父母怕他遭遇不测，才没答应婚事。郑仁死后，婉儿又是投河又是上吊，但被父母牢牢看住，这才没出差错，不过因相思成疾，离死也不远了。

县太爷的儿子与一些精通方术的人很熟。有个方士告诉他，如果人的魂魄附着在一些物体上，物体也会有了灵性，郑仁就是这样。于是他带几个手下，光天化日将婉儿抢进县府，并悄悄请方士作法，将婉儿的魂魄附着在一块玉链上。玉链腾空而起，婉儿的魂魄凭着爱情的力量很快找到铁链，两人的魂魄就在空中重逢，两条链子紧紧缠绕在一起。

县太爷不解，插话问道：“这……不就让我们的敌人凭空多了一个吗？”

儿子摇摇头，说：“非也！婉儿的魂魄不足为惧。尽管郑仁是冤死的，他的魂魄只专注于报仇上，但婉儿一出现，让他顷刻间失去斗志。方士告诉我，魂魄这东西，一旦涣散，就再不会兴妖作怪了。铁链这才被瓦解成废铁的。”

县太爷听了大喜，说：“我儿真有手段！明天我就向朝廷举荐你，今后我们父子一道为官，一定有享不尽的荣华富贵！”

县太爷亲自为儿子斟上酒，儿子得意洋洋，父子俩举杯相庆。

接着，儿子举起长剑，对准空中的玉链说：“收！”

哪知这时，从后院突然跑出婉儿。原来看守的人见她失了魂魄临近死亡，懒得管她，这才导致她走到这里来了。

附着在玉链上的婉儿的魂魄一阵清醒，向下看到碎裂的铁链，看到县太爷父子，看到自己被折磨得不成样子的身体，顿时怒气冲天。玉链发出一声脆响，啪地断为两截，说时迟那时快，两条玉链同时扑下地来，套在县太爷父子俩的脖子上。两人顿时气绝身亡。

院里除散落的铁块之外，又散落了一地的碎玉。

不多日，一支队伍吹吹打打地行进在十里村，听说，那是婉儿的葬礼。

小报童

人民医院B超室外，两边长椅上都坐着人。不安的，烦闷的，等待着的人。

小女孩从那头走向这头，眼睛从每个人的脸上移过，口里清脆地喊着："叔叔，阿姨，成都商报，华西都市报。"我是排在最后的一个，一直注视着她，估计她应该是读小学三年级，只有九岁左右。

她到我身边时停住了，问我："叔叔，买一份吧，五角钱这么厚呢。"

我不想买，那些以汽车、股市和楼盘为主的报纸离我太远了。她又小声地说："你排在最后呀，那得等好长时间，不如买一张看看吧，叔叔。"我就买了。

小女孩在我旁边坐下来，大概是想休息休息，她一上一下抛弄着还剩下的六七张报纸，口里小声嘀咕着："小朋友呀，快快送我回家吧，你就可以得到一角钱的奖励呢。"

"你说什么?"我问。"不是我在说话，是报纸在和我说话。"她说。

"报纸在和你说话?""是呀，每天报纸就这么对我说话的。"

真新鲜！于是我就和她搭讪。"你住在哪条街?""武昌路。""爸爸妈妈呢?""上班去了。""谁叫你出来卖报的呀?""几个好同学。""他们也在卖报吗?""当然。"

我想象着一群八九岁的男孩女孩，在满城跑动，在嫩生生地叫着叔叔阿姨，在自豪地喊着"卖报纸喽，成都商报，华西都市报"，真是可爱之极！

女孩要走了，她说别人都卖差不多了，她得赶快到大街上去。小小身影一下子消失在楼梯口。

我认真看起报纸，半小时后又听见女孩的声音传来。

我看见她手里还剩一份了，她径直来到我的面前，又坐下来，一抹汗，然后大叹一口气：“倒霉，今天真是倒霉！都九点过了，还有一份报纸没有卖出去。”

她说得很老成，我就问她：“你平常卖多久呢?”她说就一个来钟头，有时候半小时就可以回家。

“你每天取多少份来卖?”“二十五份。”“那得赚两块五呢，不简单。”她嘿嘿地笑。

“就剩一份还不好办呀?”我说。“怎么办？叔叔，你告诉我吧。”她眼睛一亮，看着我问。

“你回家卖给你爸爸嘛!”女孩犹豫了，她大概在想这是不是个办法，末了她说：“不对，哪有卖给自己爸爸的。”“那你就送给你爸爸看，他也应该关心国家大事呀，他当然也得看报纸的。”“可是……我这是知难而退吧，同学会笑我的。”我想也是，那怎么办呢?

“叔叔，你再买一份吧。”她磨蹭了半天说。我为难了，我看一份就很不耐烦了，还要我再买，亏她想得出来。原来这小姑娘是直奔我来的呀。但我见她说得那么恳切，于心不忍，就说：“好吧，叔叔买了，你就可以早点回家去喽。”

她高兴地将报纸给了我，接过我的五角钱，“谢谢!”她说得很好听，跑着走了。

女孩第三次走到我身边是在十分钟以后。她是悄悄来的，我抬起头才发现她，很奇怪她报纸卖完了还回来干什么。女孩一声不吭地将五角钱退给我，小声要求我还一份报纸给她。

“为什么？不想卖给我了?”

“叔叔，我都快走回家了，才想起卖给你的都是华西都市报，如果一份是华西一份是商报就好了，可我怎么能卖给你同一种报纸呢，我爸爸会骂我的，说我欺骗顾客。”

我哈哈大笑。真有趣，这个女孩真有趣!

她很认真地说：“我这样做自己会脸红的，叔叔，我不能没有诚信的。”

我很钦佩地看着女孩又拿起最后一份报纸，边走边喊：“卖报纸喽，华西都市报。”

牵　引

小王是个文学爱好者，经常四处撒稿，不过绝大多数都石沉大海。他一边自叹太笨，一边仍不放弃，硬要打破发不出文章的僵局不可。

有天，他写了一篇小说《渴望》。心想到网上搜一个新杂志投稿。他搜到一个邮箱地址，发觉有些特别，但又说不出怎么特别。他决心试试，就把小说投了过去。

晚上他做了个梦，一个很和善的编辑拿着稿件，耐心给他讲修改意见。经编辑一说，他才明白文章写得有多糟糕，脸红不止。下半夜，编辑终于说：“好了，能发表了。”

这时小王醒来，哪有编辑的影子！他心里怅然若失，但修改后的文章清晰得如在目前。他赶忙打开电脑，将小说一字不落敲出来。比以前好上百倍！他暗自折服。

尽管小王急于将修改后的《渴望》投出去，但他得遵守规则，没一稿多投。

第三天，他收到一个快件和一张汇款单。快件里装着一本杂志，装订精美，叫《牵引》。打开杂志，看见《渴望》发表在上面，是修改后的。怎么可能？我还没向谁投过呀！小王细心，在目录旁边看到投稿邮箱，却又是小说修改前投寄的那个。

再看汇款，竟然没有原址，但到邮局取钱却很顺利。

这么说来，梦是真的，编辑也是真是的啦？

小王百思不解。他又向《牵引》投了一篇小说，晚上又做了个梦，那位和善的编辑又替他修改。不过这次，由于小王已大有进步，改起来轻松不少。三天后又一期《牵引》样刊和汇款单寄来了。

真是奇了！

从此后，他几天投去一稿，当天晚上必定有梦，梦里必定有个编辑手把手指点他修改，再过三天后必定有样刊和稿费寄来。他注意到，《牵引》上的其他作者全很陌生，可每篇文章都精美无比。他们肯定也和自己一样，偶然发现那个投稿邮箱。

到这一步，再笨的人都清楚，他得到高人指点了，不是神仙就是外星人。

小王信心大振，一边保守秘密，一边勤奋写作。同时，他把在这个杂志上发表的文章复印下来，全部投给文摘类刊物，几乎每家杂志都视为佳作登出。从此小王名气大起来。《牵引》上的其他作者也声名鹊起。

梦里编辑替他修改的时间越来越短，后来再无需修改。

又是一天，小王给《牵引》投去一文，不想立即被退了回来。

退信原因是：邮件地址不正确。再投，仍然一样。

从此他再没梦见那个和善的编辑。为了再到梦里去一次，他做过许多可笑的努力，比如仰面抱一本《牵引》入睡，或者多吃一颗安眠药，别人数羊，他则千声万声唤着“恩师”二字……

然而一切都是徒劳。

现在他无需再为投稿发愁，许多编辑甚至提前一月约稿。他有了今天，很想感激，却连感激说给谁听也不清楚。

小王有个文友小陈，见小王文学之路走得这样顺畅，想想自己，无比难过，整天借酒浇愁。小王找到他，然后出示一本《牵引》杂志，指着上边那个怪怪的邮箱地址说：“听我的话，照这个地址投一篇试试！”

小陈醉眼迷蒙地问：“别逗了，我投的还少吗？”

小王立即说，这家可不一样。

“那它是哪儿的刊物？”

小王指了指天空，又指了指自己的心。

“什么？难道是上帝办的刊物？在每个人心里？”小陈瞪大眼，醉醉地说道。

醉是什么滋味

我手里捧着一本书，上边有一首诗，李白的诗。

“……五花马，千金裘，呼儿将出换美酒，与尔同销万古愁。”

我抬起头，喃喃地念叨：“美酒？美酒！”

我一直弄不明白，地球上的酒究竟是什么东西？据说这玩意儿喝了就会醉，但是“醉”是什么感觉？

反正我是单身汉，无牵无挂，就申请来地球游玩，终于得到批准。于是有天，我混迹在地球人中间，谁也看不出我哪里与众不同。为安全起见，我暂时只喝自带的饮水，那是我们星球生产的，对地球上的水我根本不去碰它。

我在一个公司上班。领导问：“你会喝酒吗？”我兴奋地点头，其实我连一滴酒也没沾过，只是迫不及待想“醉”一次而已。领导带我进了一家酒店，大家喝起酒来。我看着杯子里无色透明的液体，很感新奇，一口干掉。但是说实话，我很失望，这跟我们的白开水区别不大，喝了就喝了，我毫无反应。

我对地球那个诗仙很生气，心里骂道：李白，你骗得我好苦！

领导见我有酒量，把瓶子交给我，让我当酒司令。很快，一桌人都灌趴下了。我呆呆看着杯中之物，拼命要找醉的感觉，干脆叫服务员弄来三大瓶白酒，一阵猛灌。服务员目瞪口呆，我只对着她摇头。

领导见我行，叫我开车，领导说：“真有你的，不错不错！现在就你清醒了，把我们都护送回去吧。”

可是交警截住我们的车，还查了我的酒精含量。交警吓了一跳，说：“天啊，一百倍！是普通醉鬼的一百倍！你必须跟我们走！”

我傻乎乎地问：“那我醉了吗？”

“你肯定醉了！”交警说。

“这就醉了？”我很失落，醉了就这样没感觉。

交警强行将我带到医院里。医生赶忙为我输液解酒，还派了个小护士紧紧盯着我，小护士很敬业，瞪着我的脸，目不转睛。

我问小护士：“我看你们个个都很紧张，怕什么？”

小护士连连说：“怕你会死呀！”

我又问：“什么，醉了就会死？”

“像你这样喝酒，很容易死的。”

“死是不妙的感觉，可醉的感觉常常被写得那样美妙！武松喝了十八碗酒，豪气和力气都大大增加，把老虎也打死了。李白甚至在诗里写道：‘烹羊宰牛且为乐，会须一饮三百杯。’你看，这多痛快！”

小护士气呼呼的，做出扬手要打我的动作，她这样做很可爱，我竟然看得痴了。我突然做出一个超乎寻常的动作，一坐而起，在小护士的脸上亲了一口。这下，小护士向后退去，惊慌地瞪着我看，看着看着，她的脸红了，眼睑一下子垂了下去。

我的星球也是这样向异性表示爱意的，这和地球上完全相同。

小护士静静坐在对面床上，我们都不说话，但是她时不时拿眼睛瞄我。而且我发觉，她的脸一直很红。

另一个护士进来了，一看她那样，大叫起来：“小沁，你是不是被他熏醉了？”

小护士的脸刷地一下又红了不少，连连摇头，进来的护士这才放下心来。我从进来的护士嘴里听到“醉了”，却很吃惊：什么，小护士醉了，可我还没醉，醉的感觉怎么这么难找？

我有些渴，在身上找了找，没有找到自己星球的饮水，就对两人说想喝点水。

小护士从饮水机里为我倒了一杯，我端在手里，喝了一口。

刚进来的护士看来不忙，还待在病房里，一边看我，一边看小护士。她对小护士说：“这的确是个少见的帅哥！怎么？你有意思啦？”

小护士红着脸承认道：“我就有意思了，又怎么样！”

听了这话，我心里产生了奇妙的想法。我不想回家了，我要留在地球上，我要向小护士求爱，然后跟她结婚，跟她一生相守。我嘴里开始断断续续地说起话来，我说：“小护士，我是个外星人，爱读地球上的诗歌……我一直没有醉过，很想醉一回……我想举杯邀明月，对影成三人……我喜欢红酥手，黄藤酒，满城春色宫墙柳……我至今未婚……请你一定要让我产生醉的感觉，你答应我，我们就结婚……”

我一边喝水，一边东拉西扯。

这时，小护士和刚进来的护士都瞪着我看，然后小护士一把夺过我的水杯，闻了闻，像是十分困惑。

我感觉自己脸上在发热，抬眼看小护士，只见她在我眼前晃来晃去。

小护士惊叫起来：“天啊，他喝酒不醉，可喝一杯水就醉成这样！”

对了，我喝第一口水时就觉得，这液体跟我们星球的饮水很不一样，于是试着喝下去，渐渐就晕乎乎的了，这种滋味真特别。

啊，这就是醉的滋味？

寻找吧女叶儿

酒瓶翻倒的那一瞬间，贵生决定去那座远城了。

小努动了半天嘴唇才将那件让他昏天黑地的事情说出来。小努说，他那天忍不住去找小姐，不想人家介绍出来的吧女正好是叶儿。叶儿是贵生的恋人啊，他怎敢动！可叶儿做的事情也太……他更不敢不跟贵生说。

叶儿、贵生、小努，都是同一个村子里从小玩到大的人。

贵生听见自己心破碎的声音，很响，咔嚓一声。他疯了！他将家里能带的钱都带在身上，连夜上路。小努说什么也不和他一起去，小努说，尴尬相见的那一刻叶儿也很惊慌，惊慌后让他发誓保守秘密。但小努回乡后，面对贵生无辜的脸，他失信了。他只告诉贵生大概的城区，让他自己去找。

几天之后，一个蓬头垢面的年轻人出现在那座远城的那片城区。年轻人长得很壮，但满眼血丝，从骨子里透出一股憨直。他一边走，一边打量着川流不息的行人、来去呼啸的车辆、花花绿绿的招牌。

他就是贵生。

他眼里有一种茫然，固执地觉得城市像巨大的磁铁，而他的恋人像细小的铁屑，所以城市吸附了叶儿，进而又吸附了他。他想起叶儿离开村子时说过的话：贵生哥，我挣到钱就回来，把自己完好地交给你！

现在，他置身城市，才发现一个外乡人何其渺小，叶儿一定有叶儿的难处，他开始不怨叶儿。

怎么找叶儿？贵生有自己的方法。他见街边柳树成荫，随手一摘，一片柳叶就到了嘴边，一声清亮的柳笛声飘进人们耳里。人们开始围上来，盯着他看，听着他吹。

他从小就爱吹柳叶笛，见不得柳树，成天痴迷于将单调的声音组合成悠扬的乐曲，在悠扬中传达满腹的喜怒哀乐。叶儿是他最忠实的听众。于是，有柳树的地方，就常常有他二人，在乡村边上，柳树、河水、草花、雀鸟，汇成一幅宁静而淡雅的画面。

然而城里人听到的这柳笛声是哀怨的。

“年轻人，你为何而吹?”一老者问。

贵生不答。

“兄弟，是进城找心上人吧？可你能肯定她会听到?”另一个城里的年轻人问。

贵生仍不答。他完全相信，叶儿肯定听到了，只是正在踌躇。贵生心想：只要我不停地吹，叶儿肯定会现身见我的!

人们都以为他是精神失常。日子一天天过去，贵生连叶儿的影子都没见到，柳笛声变得更加凄婉。他的脚步带着疲乏，身子开始消瘦，声音变得嘶哑。有一天，人们看到他嘴里的柳叶渗出鲜血。

贵生就这样行走在城市里，整天与城市“谈判”，要它交出他的恋人。柳叶笛一天比一天“诉说”得更加急迫，因为他的钱本就为数不多，现在已经告罄，他的身体也在渐渐虚弱，力气快要耗完，精神似要崩溃，他已经多次感到天旋地转了。

柳叶笛是乞求，是通融，是晓之以理，是动之以情。而听众尽管是整个城市，但实际只有一个人——叶儿。

在贵生正在晕眩、正在诉说、正在呼唤的时候，一个临街的窗户开了一道缝，一双晶亮的眼睛痴痴看着他，两道汹涌的泪水在玉一样的脸上泛滥成灾……

入夜，街上人像突然不见了似的，大街上只有柳树，只有吹柳叶笛的人。这种情景更像乡间，更像淡雅的图画。贵生在柳树下坐着，身子如雕塑一样一动不动，他那双难以合上的眼睛呆呆看着高楼的黑影。

他住不了旅店。

有个女孩走来，走走停停。他看着她，静静的，依然如雕塑一样坐着，没有起身，但是手在慢慢将一片柳叶放到嘴边。声音是颤抖的。

女孩用手捂住面庞，他们就这样隔着一段距离，一个吹奏，一个哭泣。

“你回去吧，别管我了！”

“你跟我回去吧，别在这里了！”

“我给不了你一个干净的爱情！”

“不！咱们是乡下人，没城里那么讲究！爱情脏了，清水里洗洗照样干净得很！”

恍惚之间，两人没有了距离，两颗心贴在一起狂跳。柳叶笛又吹起来，而且声音越来越远，是向城外的车站方向去的……

夜钓奇遇

陈贵暗暗观察，河滩村出钓鱼高手，文大爷当数第一，何不跟他同钓一夜，学学经验？

文大爷背驼，时常咳个不停。陈贵一说，他就同意了，不过补充道：“许多人想学钓鱼我都没答应，你例外！”陈贵真是受宠若惊，赶忙去准备渔具。傍晚时分，他跟着文大爷出发了。

路很远，坐船过了两道河，又绕来绕去，直到把陈贵给绕晕了，文大爷才在一个很荒僻的地方停下来。天黑了，月光淡淡，几棵高大的柳树像鬼影一样立着。陈贵生起一股寒意，哪知越怕越出鬼。

陈贵带了个小马扎，一转身，马扎莫名其妙地掉进河里，被水冲走了。正准备放线，却吹起一阵阴风，长长的柳枝竟像钢丝一样向他拂来，痛得他哇哇直叫。用手一摸，出血了。文大爷见此嘿嘿直笑，很开心似的。

陈贵认定这里是文大爷独家发现的鱼窝子，满怀期待地钓起来。没想到文大爷手起手落，不断听见鱼的扑腾声，陈贵却老不“开胡”。终于轮到他了，陈贵感到渔竿猛地下沉，鱼线四处乱窜。他一阵狂喜，不敢使劲拽，生怕把线弄断了，足有几分钟才扯上岸来。一看，傻眼了：是块鹅卵石！陈贵百思不解，石头还会咬鱼钩？今天晚上实在太离奇了！

这时，文大爷咳一声说：“别闹了，好好钓鱼吧！”陈贵觉得很委屈，心想我并没闹呀。又钓了一会儿，还是一无所获。他不得不佩服文大爷的钓技，就过去请教，一看，篓里已经装满了鱼。他不解地问：“大爷，你钓得这么快呀！”

文大爷说：“是啊，天天如此！”

“那钓满了后，怎么打发这漫漫长夜？”

文大爷不答，却说："再钓最后一条，你就知道了！"

陈贵睁圆眼睛看着河面。很快渔竿一抖，一条一尺来长的鱼左右摆动，随着鱼线上升。陈贵揉揉眼睛，借着月光发现鱼有些异样。原来哪是鱼，竟是一个一尺来高的漂亮女人！她三十多岁，正瞪眼看着陈贵，鼻子里哼了一声。又一阵风起，女人呼地变成常人大小。

文大爷笑呵呵地说："知道了吧？每天都是她在帮我往鱼钩上挂鱼，我才钓得那么多的。还有，刚才的怪事都是她干的！"陈贵恍然大悟。

女人怒气冲冲地问："你是谁？为什么到这儿来？"

文大爷上前拉着她的手，说："别生气！他是来学钓鱼的。"然后反问陈贵说："知道怎么打发长夜了吧？"

陈贵服了，文大爷老光棍一个，原来艳福不浅，有如此漂亮的女鬼共度良宵。

原来这文大爷很早就与本村的林纤儿相爱了，只是因为自己一贫如洗，林纤儿父母坚决不同意。后来他们生米煮成了熟饭，林纤儿父母又要他们打胎。林纤儿以死相逼，她父母只好假装同意婚事，等孩子一出生，就偷偷送人了。林纤儿一气之下死在月子里。文大爷悲痛欲绝，把纤儿葬在自己钓鱼的河湾。从此他夜夜必来陪着孤坟。纤儿阴魂不散，也夜夜与他约会，这样一过就是二十年。

林纤儿已经打消了对陈贵的顾忌，三个人就在河边借着月光闲聊起来，气氛十分融洽。陈贵暗自叹道：林纤儿死得早，仍保持着青春美貌，而文大爷却容颜苍老，尽管如此，他们仍耳鬓厮磨，一往情深，真是令人敬慕。

时间不知不觉过去。突然一声鸡鸣远远传来。林纤儿脸色一变，扑到文大爷怀里，文大爷也紧张不安。陈贵就收拾好渔具，故意走开些。不过他很好奇，悄悄绕到一棵柳树后偷看，那里隐隐能听到他们的声音。

林纤儿哭泣着说："有生人来，我们缘尽了……"

文大爷却笑了笑："不，我已查出得了肺癌……我们很快又能在一起。"

林纤儿颤声说："都怪我死得早，你没人照顾，不然身体不会这么差。"

鸡声再次响起。林纤儿叹道："那件事你还是没办成，真是遗憾！"

不想文大爷说办好了。

“那么，咱们的儿子在哪里?”林纤儿问道。

“听我说，他生活得很好，我们不要打扰他。养父养母对他像亲生的一样。我找到他时已费尽千辛万苦，只说自己是他失散多年的叔叔，请他到咱家过一阵子。上个月他就来了，我正愁没法让他来见你，他却主动提出跟我学钓鱼。他就是刚才那个陈贵呀!”

林纤儿强压着兴奋，低声叫起来:“我的儿啊!”

“我的妈呀!”

陈贵从柳树后面出来，丢掉渔具，向林纤儿狂奔过来。

这时，远远传来第三声鸡鸣。陈贵只跑到一半，林纤儿身影一晃消失了。

晨曦中，一座孤坟隐隐可见……

离婚预报

陈明是名牌大学毕业生。大一时，有个教授一进讲堂，陈明就对同学说，明年五一节，这个教授会与太太离婚。大家笑他。教授特意把他请到讲台前，当着大家的面想羞辱他一番，于是教授讲起他与太太的恩爱有多深。陈明面无表情。他的话就在第二年的五一节那天应验了，一天不早一天不晚，这件事轰动了整个大学。

陈明天天带着一个笔记本电脑。他操作电脑时，手指快得就像蜜蜂翅膀在扇动。有时候他对着一个人看上很久，然后又埋头操作他的电脑。他始终面无表情，话不多说，跟他相处，你会觉得自己是透明的，而他像影子一样深不可测。

自从过了那个五一节，他成名了，全班同学无一例外地请他指导自己的婚恋。凡是有谈上对象的，就都来问他可否继续下去。

“不行，你们两个不行！下个月 10 号你们会不欢而散的。不信就等着瞧吧！”

“不行，你们也不行，毕业典礼上你们将大打出手，然后一辈子不相往来。”

“你们也一样，不久将在法庭上见。”

……

陈明每作出一个预报，全体师生就等着看结果。即使当事人特别小心，但结局还是与陈明的话分毫不差。人们都惊叹不已，搞不清陈明为什么会有这样的能力。

陈明大学毕业后就开了一个“离婚预报公司”。

“什么？离婚预报公司？离婚也能预报？”有人表示怀疑。

“准着呢。”有人义务宣传。

“那我们都去试试看，走吧。”于是很多人不管信与不信都来到陈明的公司里。陈明成功了，不出一年，他成为全城首富，因为他的预报准确无误。

“叔叔，你的公司早十年开业就好了，我就可以不生出来，不受没爹没妈的罪。”一次，一个孤儿哭着对陈明说。陈明摸了摸孤儿的头，把他带进公司，从此，孤儿成为他认养的孩子。

现在，从见到孤儿那天起，陈明又开设了一个业务。不光是预报离婚，还可以消除离婚，也就是说，一些注定要离婚的人，可以通过他的电脑操作，像避免星球之间碰撞一样避免悲剧发生。

一天，公司来了一个老年男子，一看穿着就知此人不同凡响，不过脸现忧伤。老人问陈明：“听说，你能预报离婚？”

陈明面无表情地点点头。

“你还能消除离婚？”

陈明又点点头。

“那……你能不能制造离婚？”

陈明诧异地抬起头，然后说：“不能，因为我不想干那种缺德事！”

老人叹了一口气，起身准备离开。

陈明静静打量着老人，说了一句：“看你穿着很有派头，一定是个功成名就之人，却为什么要离婚？离婚伤害的不仅仅是两个人，还有父母兄弟，尤其是子女。”

老人被勾起内心的痛楚，又坐下来说：“我在北方拥有一个大企业，也算腰缠万贯，可是我的婚姻是不幸的。二十年前，一个女人用金钱迷了我的心窍，我们私奔到北方。那女人不仅又老又丑，还蛮不讲理，唉，二十年来我算是受够了！多次与她提出离婚，但次次都遭到她的毒打。”

陈明轻蔑地哼了一声，心想：利用人家发了财，如今又想一脚蹬了人家，这是什么人呀！老人懂了他的意思，立即解释道：“你有所不知，我在跟她私奔之前，其实有一个妻子和一个儿子。妻子很漂亮，儿子也很可爱。我真是迷了心窍，竟然抛弃他们了！前段时间我听说，原配妻子一直没有改嫁，还在痴痴地等我回来。我的良心就再也不得安宁，于是毅然决定抛弃现有的一切，回来陪伴妻儿。”

陈明陷入犹豫。他喃喃地说：“是吗？……照你这么说，看来我们应该增设制造离婚的业务了……”

老人一喜，急切地看着陈明。陈明端出电脑，揭开盖布，决定用那台神奇的电脑编制老人与丑妇的离婚程序。

这时电话响了，是里屋打来的。陈明很小声地说了一阵，然后放下电话。他问老人：“你在北方有没有子女？因为我们必须考虑离婚是否会对那边的孩子构成伤害。”

“有。”

“有?”陈明怔了一下。

“是个可爱的女儿，还没成人。”老人叹道。

“那你请回吧!”陈明果断地说，脸上肌肉抽动着。

老人走后，里屋出来一位老太太，她望着老人的背影泪眼婆娑。

陈明问：“妈妈，我那狠心的爸爸是他吗?”

“是他!”

忧心人

小镇上山明水秀，是个世外桃源般的地方。

谢自苦快要死了。他被大家称作“忧心人”，正因为有了他，小镇上谁也忧愁不到哪里去。早在十年前，他因为心脏极端疼痛而住院的时候，仪器就查出他的心脏完全特殊：竟然有强大的磁性！而这种磁性专对“忧愁”这玩意儿起吸附作用。

谢自苦的心脏能吸附别人的忧愁！凡是跟他在一起的人，心情越变越好，而谢自苦的心情却越变越糟糕。有一回他去吃面，偏偏来了一家子刚死了爹不久，哭哭啼啼也来吃面。吃着吃着，那家子的哭声止住了，后来又互相安慰起来，说：“爹都死半个月了，我们应该化悲痛为力量，好好生活才是！爹在九泉之下也会这么劝我们的。”

这一家子想通了这一点，吃起面来稀里呼噜的，很有胃口。

可是谢自苦就惨了，他心里很快就灌满了痛失亲人的悲伤，眼泪夺眶而出，最后干脆伏在桌上哭得昏天黑地。

小镇上的人都知道谢自苦的大名。大家都感谢他，觉得有幸能跟谢自苦生活在一个地方，真正有人能分担自己的忧愁。但是大家又都能替谢自苦着想，害怕他吸附的忧愁太多，毁了身子。

不过，谢自苦的身子还是毁了。十年来，凡是有人想不开，比如考大学失利，做生意失算，谈恋爱失败……大家都会找到谢自苦，谢自苦也决不推辞，陪着那些人直到雨过天晴。

现在他躺在病床上，全身颤抖不已。医院里挤满了人，大家都想为他送行。奇怪的是，每个人从来没有这么悲伤过！按说在过去，有谢自苦在场的话，谁也不会悲伤到哪去。

有人小声议论："难道老先生的心脏失去强磁性了？"

"我看不仅没了磁性，说不定过去从我们这儿吸走的忧愁，现在全都会退回到我们心里。"另有人说。

"有可能！也许是因为他快死了。"

"那我们会不会受忧愁的伤？"有人不安起来。

"也该受一次伤了吧。想想老先生为我们受了多少次伤。"

"的确如此！"

大家继续为谢自苦而悲伤着。

医生俯下身，问谢自苦："老先生，你还有什么话要说吗？"

谢自苦声音很微弱地说："快！快去找那个患心脏病的孩子来！"

小孩就在这个医院住院治疗，很快他和父母都来了。谢自苦拉着小孩的手，微微一笑，说："我忧愁了一辈子，而这一个月来最大的忧愁却是你。孩子，你小小年纪却体弱多病，我真替你难受，我要把心脏捐赠给你。"

孩子喜欢这个老爷爷。住院期间，只要跟他在一起，孩子的心跳就不那么快，不那么累。可是孩子的父亲不希望孩子变成第二个忧心人，他发话了："老先生，你的心脏已经很劳累，恐怕……我们还是等等再说。"

谢自苦说："孩子的命能等吗？正因为我是忧心人，我对孩子的忧虑丝毫不亚于你们当父母的。我会害了他吗？要知道，我的心脏很特殊，不止特殊在能吸附忧愁上，我坚信还有更奇妙的作用。请你们一定取出心脏看看再说！"

这时，谢自苦因为激动，突然死亡。

医生尊重死者的遗嘱，当场取出心脏。

奇迹发生了：谢自苦的心脏又黑又硬，已经停止跳动，但在这颗心的心尖上，却像枯树长芽一样，长出一颗稚嫩的小心脏，正在强健地搏击着。

谢自苦一心想着令孩子幸福，这种念头像种子一样，在他的心里埋藏并培育，于是，他的心脏也像播种一样，长出另一颗心脏。

这颗心脏与小孩各方面完全吻合。

小孩的心脏移植手术顺利进行。很快他父母的忧虑就排除了，小孩不仅没有变成第二个忧心人，他的快乐反而比别的小孩多得多，整天笑嘻嘻的。

小镇上的人都说，谢自苦不仅能带走别人的忧愁，还能奉献自己的快乐。